月亮前方三公里

伊與原新——著

王蘊潔——譯

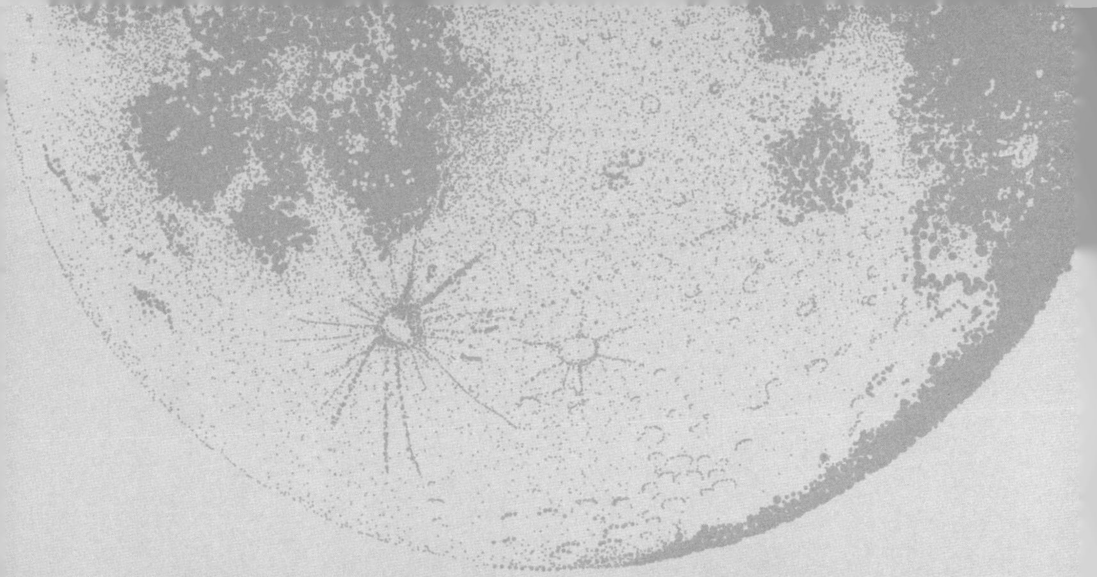

月亮前方三公里

輸不停。

通常意識到這一點時，都已經為時太晚了。無論賭博，或是人生都一樣。

不時虛張聲勢一下是我的壞習慣，但內心終究只是一個膽小鬼。

年輕時，約女生吃飯時，我一定會事先去那家餐廳探路，但目的並不是為了瞭解對方會不會喜歡那家餐廳，而是不希望發生意想不到的狀況讓自己驚慌失措，失了面子，而且也希望表現出自己對那家餐廳很熟的樣子。我就是這麼沒出息的男人。

我經常覺得，如果人生也可以事先探路，不知道該有多好。

如果可以事先探路，就不至於落到今天的地步——

不，也許殊途同歸，到頭來還是一樣。就好像即使事先去餐廳探路，約會也未必能夠成功圓滿。

因為這個原因，我很少心血來潮地走進某家餐廳。剛才走進的那家鰻魚餐廳是計程車司機掛保證「這家餐廳絕對讚」，然後送我到餐廳門口。據說是濱松的知名餐廳，裝在漆器方盒內的雙層鰻魚飯要五千圓。

我不太清楚那家餐廳的鰻魚飯是不是值那個價錢，因為我才吃了第二口就一陣反胃。想到自己以前為什麼愛吃這種像蛇一樣的食物，就再也吃不下去了。

我冒著冷汗站了起來，走去收銀台結帳時，老闆娘問我：「不合您的口味嗎？」我無言以對，默默拿起找零的錢走向出口。當我反手關上餐廳的門時，聽到老闆娘冷冷地說：「如果連我們家的鰻魚都吃不慣，恐怕沒別家可吃了。」

秋天的夜風為冒汗的身體降溫。

那家餐廳位在住宅區正中央，我想不起剛才的來路，只能信步走在街上。路燈稀疏的路上不要說沒有半個人影，甚至沒有車子經過。鰻魚的甜味一直在鼻腔內揮之不去，反胃的感覺遲遲無法平息。

走了差不多十五分鐘左右，看到了車頭燈轉過街角。是計程車。計程車迎面駛來，當我停下腳步時，司機好像發現了我，原來亮著的車頂燈突然熄了。司機似乎不打算載客，但我還是舉起了手。

原本以為計程車會從我面前駛過，沒想到在我旁邊停了下來。那是一輛個人計程車，顯示器上果然顯示著「不載客」幾個字，駕駛座旁的車窗降了下來。

「不好意思，」一臉和善的司機探出頭，「我今天已經下班了。」

「——喔喔……」

我只能發出失望的聲音，然後愣在原地，司機伸長脖子看著我，眨了眨眼睛問：

「你還好嗎？身體不舒服嗎？」

「——喔喔……剛才、吃了鰻魚。」

「啊！所以吃壞肚子了嗎？」

我既沒有表示肯定，也沒有否認，司機自以為瞭解狀況地皺起了眉頭。

「真傷腦筋啊。」

司機突然向方向盤上方探出身體，隔著擋風玻璃仰望著夜空。順著他視線的方向看去，可以看到幾近完美的滿月。

司機對我露出了無力的笑容，輕輕嘆了一口氣。後方車門立刻打開了，我不假思索地坐上了車，但沒有坐去裡面的座位，而是坐在副駕駛座後方。

「要去哪裡？」司機轉頭問我，「要送你回家？還是去掛急診比較好？」

「——不……」我需要時間思考一下，「先去車站好了。」

「喔，你要去住飯店嗎？」司機又自以為瞭解狀況地操作著計費錶，「如果你想吐，馬上告訴我，我會把車子停下來。」

車子靜靜地駛了出去。個人計程車的車子通常都很不錯，難得看到這種舊型的轎車，也許是因為他開車很小心謹慎，所以坐在車上的感覺並不差。

「既然你在那裡上車，剛才是去『黑川』嗎？」

我猜想他應該在問鰻魚餐廳，但我不記得餐廳名字。

「——我不太清楚……應該吧。」

「因為『黑川』是這一帶的知名餐廳，但價格不便宜吧？我很久之前去過一次，那次帶了老婆和兒子，三個人一起去。」

從後視鏡可以看到司機的臉，他的年紀大約五、六十歲，稀疏的頭髮已經全白了，無論他說什麼，眼尾很深的魚尾紋和兩道八字眉看起來都像是露出為難的笑容。

「話說回來，吃鰻魚吃壞肚子很少見啊，是不是太油膩了？希望只是腸胃受到刺激有點不舒服而已。」

當我回過神時，發現計程車已經來到大馬路上。過了橋之後，道路兩側的高樓越來越多。雖然已經超過十點半，但有很多來往的車輛。離濱松車站應該不遠了。

「你住哪一家飯店？」司機在等紅燈時問。

「──不……」我想了一下之後，發現這麼晚了，已經搭不到新幹線了，「還是上東名吧。」

「東名？要上高速公路嗎？你要去哪裡？」

「──富士山，鳴澤村。」我沒有調查清楚，不瞭解進一步狀況就來到這裡。

「這麼晚去那麼遠的地方嗎？這有點──」

「車資要多少錢？」

「這個嘛，」司機搔著頭說，「從濱松交流道上高速公路，從富士交流道下來，這段路程很長——應該不只五萬。」

我從長褲口袋裡拿出直接塞在口袋裡的紙鈔，三張一萬圓，兩張一千圓。司機從後視鏡中看著我，然後按了計費錶。

「總之，我先把錶按停。我現在也沒辦法去富士山，請你見諒。」

司機繼續直行了一小段路，駛入了一家已經打烊的店家前方的空地。那是藥妝店的停車場，商店已經拉下了鐵捲門，周圍一片漆黑。

我從襯衫口袋裡拿出菸盒。打開了車門，司機說：「不好意思，這是禁菸車。」

我下了車，點了菸，司機也下了車，但並沒有熄滅引擎。

「你有什麼打算？要不要再叫其他車子？」

我搖了搖頭，把兩張一千圓塞給司機說：「不用找了。」

香菸淡而無味，我才吸了兩口，就踩熄了，結果鞋子內的襯墊鬆脫了。那是在住家附近的服裝店買的特價合成皮革鞋，穿沒幾次就壞了。

司機拿著錢，瞇眼看著我。看起來既像是納悶，也像是在微笑。

「這麼晚了，你為什麼要去富士山？」司機問我，「你沒有帶行李，看起來不像是要去玩，也不像要去工作。」

我穿著白襯衫和長褲，既沒有穿上衣，也沒有繫領帶，更沒有帶皮包，連皮夾也沒帶，也難怪他會起疑心。

「——去探路。」我無意識地把第二支菸叼在嘴上。

「探路？探什麼路？鳴澤村只有冰穴和樹海而已，啊——」

司機說到這裡，似乎恍然大悟，勉強揚起嘴角擠出了笑容。

「雖然我想應該不可能……但你該不會是為自殺探路？」

我忍不住發出了噗哧的鼻息聲。雖然他猜對了，但從素昧平生的人口中聽到「為自殺探路」這句話，覺得實在有點蠢。

「可不可以請你否認？」司機的臉部肌肉抽搐著，「現在哪有人去青木原樹海自殺，對不對？」

「——所以我只是去探路。」

「……你是認真的嗎？」

「沒事了，你走吧。」我把叼在嘴上的菸吐在地上。

「嗚哇，真傷腦筋……」司機拉長了語尾的音呻吟著，「你別想不開，怎麼偏偏在這樣的夜晚……」

「——這樣的夜晚。」我小聲重複著。

「因為，你看，」司機仰望著夜空，「你看月亮多美啊，昨天是中秋節，今天晚上的月亮更接近望月——也就是滿月，月齡是十五點四。」

他臉上的表情好像在說，月亮都看到了。我不知道他是真的這麼想，還是神經太大條，只覺得這個人很有意思。我懶得回答，走向馬路的方向。

「啊，你請等一下。」

司機在我身後大叫，但我懶得答理。我已經付了車資，沒有義務再理會他。

「好吧，事到如今也沒辦法了。雖然我沒辦法載你去青木原，但這附近有一個理想的地點，你要不要去那裡？」

我忍不住停下了腳步，但聽不懂他的意思。「理想的地點？」

「就是適合自殺的地方，你可以去探路，看一下是否符合你的條件。」

我注視著司機的臉。他在說什麼？

「你不必付車錢，因為我剛好也想去那個方向。」

計程車駛入了單側三個車道的國道，司機繼續說著話。

「我想必不可少的條件，就是盡可能不為人知的安靜地方，所以才會想到樹海。我能夠理解，我覺得跳軌自殺似乎不太妥當，因為會造成很多人的困擾。」

我看到了「天龍 濱北」的道路標識。司機似乎往北駛去。

我並沒有真的相信司機說的話。只不過即使找地方投宿，我也睡不著。安眠藥吃完了，我又不想喝酒。與其躺在廉價旅館的床上看著天花板，還不如坐在車上比較好。

「既然這樣，我現在帶你去的地方很理想，在這一帶，那裡算是自殺勝地。那是一個水壩，天龍川的佐久間水壩。你知道那裡嗎？就是飯田線的佐久間車站──啊，這位先生，你是從哪裡來的？」

「──名古屋。」我懶得動腦筋，所以就說了實話。

「喔，既然這樣，你應該知道，因為那裡是全日本前幾大的水壩。」

「你去那裡有什麼事嗎？」

「我嗎？我當然不是去水壩，我要去前面，也是在天龍川旁的某個地方，等一下我可以先去那裡嗎？」

「──嗯。」

「對了，」司機轉過頭瞥了我一眼，「你的肚子已經沒問題了嗎？」

「──是啊。」雖然我並沒有吃壞肚子，但現在已經沒有想嘔吐的感覺了。

「雖然這次有點那個，但你應該很愛吃鰻魚吧。因為──」他停頓了一下，似乎在思考該怎麼表達，「因為在這種時候還特地去『黑川』。」

他的前半段說對了，但後半段不太對。

我只是在幾個小時之前臨時決定要去富士山。我從前天開始，就覺得隨時可以去死，在思考要去哪裡尋死時，腦海中浮現出以前在電視上看到的青木原樹海的風景。然後就好像強迫症發作，覺得非去那裡看一下不可。現在回想起來，司機說得沒錯，想到自殺就覺得該去樹海，頭腦實在簡單得有點丟臉。

但是，這兩個星期來經常發生這種狀況。當腦海中閃過某個念頭時，如果不加以確認，或是不親自嘗試，就會覺得好像有未完成的事，內心感到極度不安。原來當膽小鬼的思考能力衰退時就會變成這樣，但也可能只是壓力太大。

上午八點不到，我就兩手空空地走出位在榮的「矢代商務飯店」。雖然號稱商務飯店，但其實是廁所和淋浴室都必須公用的平價旅社。那裡有很多長期住宿客，如果預付一個星期的住宿費用，每晚只要一千九百圓。我只帶了香菸和現金放進口袋，手機也留在飯店的房間。手機沒有充電，我上個月底也沒有繳手機費，所以也不知道還能不能用。

我完全沒有任何計畫，滿腦子只想著去鳴澤村。我在名古屋車站買了往新富士車站的車票，然後搭上了木靈號新幹線。

在新幹線穿越濱名湖時，我想到了鰻魚。雖然肚子並不餓。我早就忘記了產生食欲的感覺，但想起以前最愛吃鰻魚飯。如果就這樣過站而不下，就會多一項未完成的事。於是當新幹線停在濱松站時，衝動地跳下了車，立刻搭了計程車，在計程車司機的推薦下前往「黑川」。

在紅燈停車時，司機打開了車窗，把腦袋探出車外，看向後方的天空。

「天氣真晴朗。」司機心滿意足地嘀咕，他似乎在確認月亮。

號誌燈變綠燈後，車陣動了起來。對向車道的車輛開始減少，馬路旁有些店家熄了燈，漸漸出現了低樓層的公寓。

「你知道嗎？」司機看著前方問，「月亮都是同一面對著地球。」

「——喔喔……」我以前好像曾經聽說過。

「所以我們都一直看到月亮相同的樣子。玉兔。那個黑色的部分稱為月海，是熔岩漿在窪地凝結形成平坦的地形。從地球上無法看到月亮的背面。月亮有正面和背面，是不是和人一樣？」

正面和背面，表面和內心——

我把和祐未離婚的事告訴父親時，父親對她的評價是「她果然是表裡不一的人。」雖然這很像是父親說的話，但其實並不正確。祐未是隨處可見，性格屬於平均值的女人。適度的善良，有一點精明，並沒有所謂深藏不露的「真面目」。導致她做出那種決定的不是別人，而是我。

我在三十三歲時結婚，距今已經十五年。祐未當時才二十三歲，當她進入我們部門擔任實習設計師時，我先愛上了她。她說話的聲音有點娃娃音，任何細節都會問清楚，這些在我眼中都顯得很可愛。我約她去義大利餐廳、吃壽司、串烤，吃了幾次飯之後順利交往。在剛從專科學校畢業的祐未眼中，我挑選的餐廳和舉手投足看起來都很成熟。這必須歸功於我一次又一次事先探路。

我第一次帶祐未回岐阜的老家時，父親就沒給她好臉色看。一下子說她太年輕，一下子又說她不夠穩重，但其實這些都不是重點，父親對她只是美術系專科學校畢業的學歷感到不滿。在父親眼中，學設計根本就像兒戲，根本配不上大學畢業的兒子。

我原本決定如果父親持續反對，我和祐未只登記，不辦婚禮，但母親不同意。她堅持要讓獨生子舉辦婚禮，於是她說服了父親，最後在名古屋市區的一家飯店舉辦了盛大的婚宴。身穿燕尾服的父親在女方的親戚向他敬酒時，自始至終皺著眉頭。比我小十歲的年輕新娘很美，朋友都對我嫉妒不已。

我當時在東海地區最大的廣告代理公司任職，結婚翌年升上了創意總監，在同期進公司的同事中晉升最快。雖然壓力也很大，但能夠在自己的主導下拍廣告的喜悅更強烈。

薪水調漲後，我在名古屋市區內新建的大廈內買了三房兩廳的新居。父親當然強力反對，質問我為什麼要買房子。我原本就不打算要他出錢，所以根本不理會他。我申請了三十五年的貸款，打算用退休金一筆還清貸款。

我向祐未提議，結完婚的頭幾年先不要生孩子。最大的理由是因為她還年輕，我不忍心育兒這種事拖累她，而且也希望好好享受兩人世界。祐未也覺得不急著生孩子。

祐未並沒有辭職，所以雙薪家庭的收入很可觀。雖然工作很忙，但我們充分享受外食和旅行的樂趣。自己賺錢自己花，完全沒有任何不安，無論工作和私生活都很順利。

「你知道嗎？」

司機又開了口，他的聲音無憂無慮，語氣中帶著得意。

「很久很久以前，月亮並沒有正面背面之分。因為月亮自轉的速度比現在更快，所以在地球上可以看到月亮的所有面向，只是並沒有人看到。因為那真的是很久很久以前，應該是幾十億年前的事。」

幾十億年——我完全沒有概念。司機樂在其中地繼續說道。

「經常有人誤會，目前月亮是不是沒有自轉，所以總是同一面對著地球，其實是月亮的自轉週期和公轉週期一致的關係。月亮以二十七點三天繞地球一周，同樣以二十七點三天自轉一周，速度非常慢。太古時代的月亮自轉速度比現在快，月亮不停地自轉，但因為地球造成的潮汐力——正確的名稱為潮汐轉矩——的影響，對月亮自轉的速度產生了煞車作用。這種煞車持續發揮作用，直到讓月亮的自轉週期和公轉週期一致。這種現象稱為潮汐鎖定，許多衛星通常——」

我看向車窗外，窗外很黑，只有便利商店和餐廳的燈光格外明顯。建築物周圍的一大片黑暗應該是農田。計程車進入一個右轉的大彎道，我轉頭看向右後方，從後車窗看到了月亮。

我和祐未的生活在結婚第五年的紀念日發生了變化。

去法國餐廳吃完大餐的回家路上，祐未說，她打算辭職，想要生孩子。她年近三十，覺得差不多該生孩子的想法並沒有錯，只是當時我聽她提出這件事時，腦海中閃過一個念頭——也許她並不是真的想要孩子，只是辭職的藉口。那時候她經常在我面前抱怨同事，所以我認為她為人際關係感到煩惱。三個月後，祐未離職了。

那時候，我也開始對公司感到不滿。工作很順利，我手上負責好幾個大案子，自認為對公司的貢獻不輸給任何人，但總覺得公司對我的評價不如預期。說白了，就是薪水和職稱都不如人意。現在回想起來，這種不滿並不正確。公司在業績停滯狀態下，已經向我提供了最好的待遇，只不過我在當時並不瞭解這種理所當然的事。

某位客戶的一席話，讓我起心動念，有了自立門戶的想法。對方是名古屋屈指可數的餐飲集團老闆，他對我說：「你差不多可以自立門戶了，到時候我們集團的廣告全都包給你。」我把他在喝酒時說的話當了真，於是找了很崇拜我的後輩藝術總監悄悄開始準備。在不惑之年成為一國一城的霸主。只能說，我沉醉於這場創業夢中。

之後就陷入了忙碌的生活。每天忙到深夜才回家，一回到家，倒頭就睡。祐未當然知道所有的事，但我事先並沒有和她商量，只是告訴她，我會自己開公司。她並沒有強烈反對，只是不時抱怨我在生孩子這件事上不配合。

辛苦準備多時，半年後終於準備開張營業，卻遇到了雷曼兄弟引發的金融風暴。雖然我不是在東京開公司，但任何人都可以料到，廣告業界將會承受很大的打擊，所有的朋友都勸我目前不是創業的時機。

回想起來，當時應該懸崖勒馬，但我沒有勇氣，我不希望別人覺得我畏縮了。越是不景氣，越是要勇敢向前衝。我找出創業成功者的名言，一個勁地告訴自己，我一定能夠成功。我不敢正視現實，只能閉上眼睛；我害怕聽到別人為我擔心的聲音，只能摀住耳朵。

如果只是膽小鬼，或是真正有勇氣的人，面對那種情況時應該會回頭。我是個虛張聲勢的膽小鬼，在人生最關鍵的時刻露出了本性。

創業之後，公司勉強維持了兩年。那個餐飲集團的老闆和之前工作上有往來的客戶委託了一些零星的案子，但那只是賀禮而已，每個客戶都漸行漸遠，好像捧過場後就盡了義務。

雖然我不熟悉業務工作，但仍然積極跑業務，也主動上門推銷，但各家企業都在刪減廣告費，要開發新客戶談何容易。第三年，公司幾乎接不到任何案子。雖然自己說聽起來像在找藉口，但這種情況並不少見。我向在創業時僱用的兩名員工低頭道歉，然後辭退了他們，只留下從前公司離職後跟著我一起創業的後輩。

公司的經營每況愈下，和祐未之間的關係也越來越冷。起初她基於擔心，經常問我公司的狀況，也許我當時該坦誠地向她吐苦水，但我每次都板著臉，愛理不理地敷衍幾句。不知道她是否因此不高興，還是對我心灰意冷，久而久之，就不再問了。

我的壓力越來越大，之前在結婚時戒了菸，後來又開始借菸消愁。原本打算出門跑業務，但回過神時，經常發現自己坐在小鋼珠的機台前。明明公司沒生意，每天都三更半夜才回家。因為我每天晚上都去站立式酒吧打發時間。但祐未仍然沒有任何怨言，現在回想起來，她那時候應該已經絕望了，忘了從什麼時候開始，她也不再向我抱怨「你到底想不想生孩子？」

我沒有等到第四年，就結束了公司。最後一天晚上，我和共患難的後輩一起在空蕩蕩的辦公室內喝罐裝啤酒。後輩忍不住哭了，幸好他很快就找到了新工作。我至今仍然發自內心為此感到慶幸。

三個月後，祐未把離婚協議書放在餐桌上。她一臉若無其事的表情說：「我還有機會重新開始，也還可以生孩子，我什麼都不要，只希望你馬上蓋章。」因為我早就作好了心理準備，所以並不感到驚訝，但她那句「我還有機會」，在我的頭蓋骨內側沉重地產生了回音。在第十次結婚紀念日前兩天，我們把離婚協議書交去了公所。

聽說祐未在半年後，就在她娘家的豐橋再婚了。也許她在和我離婚之前，就已經和對方有了某種關係，只不過事到如今，這已經不重要了。

總而言之，我就這樣失去了一切，只剩下一個人住未免太大、貸款還沒還清的房子，和自立門戶時欠下的債務，負債總額超過了七千萬圓。

我四處拜託廣告界的熟人，希望可以為我介紹工作。廣告代理公司、公關公司、企業的公關部門，無論什麼工作都可以，但任何一家公司面對一個創業失敗，自稱創意總監的四十多歲男人應該都很傷腦筋，所以沒有一家公司願意收留我。

我沒資格挑挑揀揀，無論如何都必須找到工作，不管是怎樣的工作都沒關係。雖然我知道這個道理，但內心還是無法接受。一旦去職業介紹所，就必須面對自己毫無價值的事實。我難以承受這個事實，所以每天在小鋼珠店開門營業之前就站在門口排隊。

這種寅吃卯糧，靠吃老本的生活當然不可能持續太久，不到一年就撐不下去了。

「你知道嗎？」

司機第三次問我這句話。他雙手緊握著方向盤，看著前方。

「月亮離地球越來越遠。」

月亮漸漸遠離地球——我心不在焉地想，這句話聽起來很虛假。

「你是不是很驚訝？但這是真的，月亮每年遠離地球三點八公分。雖然理論有點複雜，但其實和我剛才說的狀況在本質上是同一件事。月亮的潮汐力也會對地球造成影響，會讓地球的自轉稍微變慢，反作用力會導致加速月亮的公轉。對月亮產生的離心力增加，所以公轉的軌道就會越來越大。」

計程車遇到了紅燈，司機又把車窗完全打開。從車窗吹進來的風帶著草的味道。

「所以太古時代可以看到的月亮比現在更大，只不過那時候地球上還沒有人類，目前地球離月亮的距離大約是三十八萬公里，但在四十億年前，也就是地球剛誕生不久的時候，月亮和地球之間的距離不到目前的一半，從地球看到的月亮比現在大六倍以上。」

司機又探頭看著窗外，向後方伸長脖子，仰頭看著月亮。

「現在的六倍、六倍喔，我想肉眼應該就可以看到月亮上的隕石坑了，應該很震撼。」

聽他說了這麼多，我第一次產生了疑問。他到底是誰？為什麼對這方面的知識這麼詳細？他最近去了天文館嗎？還是天文迷？但我的想像力僅止於此。

車子繼續行駛。司機的聲音漸漸遠離意識，我看向旁邊的車窗。車子鑽過高速公路的高架道路。八成是東名高速公路。過了高架道路之後，黑暗的區域一下子增加了，開闊的平地上，只有零星的工廠和住家。

同樣是郊區，這裡和老家周圍完全不一樣。岐阜市有很多山，道路很狹窄，住宅區域也更密集。

我出生、長大的城鎮位在岐阜市北邊，那裡有許多農田，老家是在縣道旁的老舊平房，屋後有稻田和農田。聽說那塊差不多十畝的稻田是代代務農的祖先留下的最後一塊地，父親似乎認為守住這塊稻田是他身為一家之長的義務。

我從小就和父親合不來。

父親在中日戰爭那一年出生，在高中畢業之後，進入公家單位當職員，我忘了他是在自來水局還是自來水事業部上班，只知道他在那裡工作了很多年。

非假日時，他每天清晨五點起床，在下田務農之後才去上班。下班回家後，晚餐時會喝一瓶啤酒，然後看NHK電視台，一個小時後泡澡，九點半就上床睡覺。母親總是為照顧父親這樣的生活默默做準備，似乎早就對享受一家團聚時光不抱任何希望了。每逢週末就要下田務農，一整天都在田裡工作。在他退休之前，日復一日地過著這種一成不變的生活。

所以，不要說全家一起旅行，我甚至不記得他曾經帶我去附近的公園玩。說得好聽點，就是他這個人很勤勞刻苦，但其實我猜想他根本不懂玩樂是怎麼回事。

雖然他沉默寡言，但對獨生子的干涉和束縛毫不手軟，開口閉口都是批評。至少我這麼覺得。進入青春期後，父子之間當然產生了激烈的摩擦。無論我想做什麼，他都不同意，卻強迫我做許多我根本不想做的事。要我下田幫忙做事。指定我讀某一所高中。不許我打工。認為我不需要機車。我們在所有的問題上發生衝突。

高三那一年，我們為讀大學的問題發生了肢體衝突。他可能為自己只有高中畢業感到心有不甘，所以從我小時候就耳提面命，要求我一定要讀一所好大學。父親心目中的好大學只有一所學校，那就是本地的國立大學。

從本地的國立大學畢業後，進入本地的好公司工作——最好能夠進入縣政府或市公所工作。這是父親眼中的理想人生，也許可以說是父親人生的升級版。他深信引導我走這條路，是他身為父親的職責。

以我在校的成績，應該可以達到父親的要求，但這並不是我的志願。我無論如何都想去東京讀大學，所以堅持要報考東京的私立大學，為此和父親爭執不休。最後因為母親的勸說，我才終於如願。母親流著淚拜託父親：「他為了這個目標用功讀書，你就成全他吧。」

我考進位在御茶之水的一所大學。入學之後，我和其他同學一樣拿著父母寄來的生活費吃喝玩樂。那時候正值泡沫經濟的顛峰，學生也都花錢如流水，大把錢花在約會、買衣服上。我在一年級的暑假考到了駕照，在冬季之前買了一輛本田的 Prelude 二手車，只為了想載著女生一起去滑雪。

平時很少去上課，大部分時間都在打工。只要一有空，就去打小鋼珠，或是去同學家打麻將。我也是在那個時候學會抽菸。我幾乎都不回岐阜老家，自己都覺得自己是個敗家子。

畢業之後，有兩大原因讓我決定在名古屋找工作。原因之一，當然是因為在東京找工作不順利。另一個原因，是在我大三的時候，母親因為多年宿疾的心肌病變動了手術。雖然之後身體無恙，但住得太遠還是不免感到擔心。住在名古屋的話，只要一個小時就可以趕回家。

父親在我工作的問題上仍然抱怨連連。他對廣告代理公司很不滿。他認為那是很浮誇的公司，無論我再怎麼向他說明工作內容，他也拒絕理解，最後甚至說什麼：「也許你認為廣告公司很帥氣，但說到底，還不就是以前那種在街頭敲鑼打鼓為商品做宣傳的行動廣告人的總管。」

剛工作時，我每年回家三、四次。結婚之後，減少到每年只回去一、兩次。祐未不太想回岐阜，因為每次回家時，父親都大剌剌地問她：「還不生孩子嗎？」她每次都覺得很煩。

我辭職開公司這件事是在一切都安排妥當之後才告訴父親。他皺著眉頭說：「你想得太天真了。」這件事還不是太大的問題，但公司倒閉，甚至又離了婚這件事，我瞞了他將近一年的時間。因為當時我精神幾乎快崩潰了，再聽父親的數落，我恐怕會一蹶不振。

但是，當存款終於見了底，就無法再說這種話了。我邁著沉重的腳步回到老家，說出了一切。這是我有生以來，第一次主動向父親道歉。父親聽了之後，說的第一句話就是：「丟人現眼。」我抬不起頭。母親震驚得說不出話，父親又用冷冷的聲音補充說：「你是我們家的恥辱。」

我賣了名古屋的房子，搬回了老家。一個四十四歲的大男人，必須投靠領年金過日子的父母，我發自內心覺得自己很窩囊。到頭來，我還是當年那個敗家子，只是又白活了這麼多年。因為我有最後的避風港，所以不顧自己既沒有破釜沉舟的決心，也沒有能力，卻為所欲為。

父親向來把「不要給別人添麻煩」這句話掛在嘴上，他向來討厭欠別人錢。房子遭到法院拍賣，父親默默賣了稻田。我始終無法得知，父親帶著怎樣的心情決定放棄祖傳的最後十畝稻田。雖然無論房子和稻田的價格都被大砍特砍，但過了半年左右，總算都賣了出去。債務減少到兩千五百萬。

我開始在鄰市的超市打工。之所以沒有在附近找工作，是因為不想遇到以前的朋友。每週上班五天，一天上班八小時，但只是計時工。假日也接了指揮交通的工作。我沒有再踏進小鋼珠店，大部分收入都拿去還債。

我並不是決定積極過日子，只是我發現有規律的生活可以避免感到不安，身體隨時感到疲累，可以避免胡思亂想。也許父親也一樣，為了保護脆弱的心，穿上了孜孜矻矻的盔甲，所以我的膽小是源自父親嗎？我現在才意識到這件事。

隔年，母親突然撒手人寰。

「你知道嗎？」

司機似乎又問了這句話。

「前面就是離月亮最近的地方。」

離月亮最近的地方——

我聽到司機這麼說，但難道是我耳朵出了問題？如果不是我聽錯，就代表這個司機有問題。也許他剛才說的所有話都是信口開河。我沒有向他確認，只是心不在焉地這麼想。

「你覺得我說的這句話很奇怪嗎？」司機似乎覺得很好笑，但繼續說了下去，「你這麼認為很正常，但你去了就知道。不瞞你說，那就是我今天要去的地方。差不多十分鐘就到了。」

周圍的風景在不知不覺中發生了變化。路變窄了，小山逼近左右兩側，讓我陷入一種錯覺，好像回到了岐阜。

我想起了那天晚上。在超市準備打烊時，接到了父親的電話，說母親昏倒了。我來不及脫下超市的圍裙，就開著輕型汽車一路飆向母親被送去的醫院。當我抵達醫院時，母親的心跳已經停止。醫生向我說明病情，是心肌病引起的致死性心律失常。聽父親說，母親從浴室走出來後按著左胸口倒在地上，失去了意識。

葬禮結束後的那幾個星期，我幾乎沒什麼記憶，應該是整個人都垮了。接下來的幾個星期，陷入了無盡的悲傷和後悔。我無法讓母親放心地離開這個世界的事實一直盤踞在內心，揮之不去。

幾個月之後，我才開始對父子兩人的生活感到壓力沉重。每天的三餐幾乎都是超市帶回來的特價商品，吃飯時從來沒有任何交談。父親在退休之後會幫忙做一點家事，但母親死後，他完全不再動手，也很少再去以前每天必去的屋後農田，只有一臉空洞的表情看NHK電視台的時間越來越久。

母親的死，不僅帶走了父親的元氣，我發現父親越來越健忘。在前年七月，我確信他失智了。當我下班回到家時，去父親住的和室張望，發現熱得可怕。原來他開了暖氣。我大吃一驚，拿起空調的遙控器想要切換成冷氣，父親大喝一聲：「你要幹什麼？」即使我好說歹說，他都堅稱「現在是三月」。

之後，他的症狀急速惡化，無法完成一些理所當然的事，和他之間的對話也經常雞同鴨講。他會翻垃圾桶，吃餿掉的菜。早上七點半時，會換上工作服想要去上班。我不放心他長時間獨自在家，所以辭去了指揮交通的工作，也縮短了去超市打工的時間。

我找不到人幫忙。住在四日市的姑姑——比父親小很多歲的妹妹要照顧她的公公，無法抽身來照顧父親。我也曾經去市公所求助，公所的人告訴我，護理之家等可以平價入住的公立安養院都人滿為患，很多人都在排隊等待入住。

不久之後，父親無法自行如廁，而且經常出門遊蕩，結果不認得回家的路，讓附近的人把他送回家。我無法再外出工作，不得不辭去了超市的工作，唯一的安慰，就是超市的店長一臉遺憾地對我說：「你工作很認真，原本還打算讓你升為正職員工。」

父親不再四處尋找死去的母親，也不認得兒子。在為他把屎把尿，為他擦身體時，他經常問我：「你是社工嗎？」他似乎以為兒子是公所派來的照護人員。

我從早到晚都忙著照護父親，他經常在深夜大吵大鬧，我根本無法好好入睡。父親越來越難纏，我忍不住動作粗暴。父親感到不悅，也對我動粗。這種每天好像在搏鬥的生活持續了將近兩年，我已身心俱疲。

剛好是母親的月忌日那一天，我把白飯供在神桌上，父親用手直接抓起了飯，想要放進嘴裡。我平時都不去管他，但這天他從早上就開始和我作對，我有點心浮氣躁，所以就抓住他的手腕阻止他，沒想到他反過來抓我。我用力掙脫了他，一拳打向他的臉。父親倒在地上，然後失禁了。周圍一股臭氣，我注視著榻榻米上的尿液，忍不住流下了眼淚。我雙腿一軟，嗚咽起來。

我意識到自己撐不下去，我想丟下父親，讓自己消失，但我沒有勇氣付諸行動。幸好母親死後，父親為了以防萬一，把剩下的土地過戶給我。我去找了當初買下稻田的房屋仲介公司，對方願意買下土地和房子。雖然價格遠遠低於行情，但只要能夠馬上變現，多少錢都沒關係。上個月——九月初，我用那筆錢和父親的存款用來支付高額的入住保證金，然後把父親送去岐阜市區的民間安養院。

我很清楚，這並非正常的判斷，別人一定會說，應該還有更好的方法，然而，當時我已經無法正常思考，滿腦子只想著逃離一切。

不可思議的是，在母親去世，拋棄了父親，也無家可歸之後，我這個人也好像變成了半透明。雖然漫無目的，但還是去了名古屋，希望稀薄的自己融化在都會的混濁中。唯一的隨身行李就是原本放在老家壁櫥內的舊行李袋，二十幾萬現金也塞了進去。那是我所有的財產。我住進了位在榮的「矢代商務飯店」，整天在鬧區遊蕩。

兩個星期前，我不經意地在一家房屋仲介公司門口看租屋介紹，女店員問我：「要不要為您介紹？」我就跟著她走了進去。在會員申請單上填寫了姓名，正準備寫年齡時，手停了下來。我這才發現自己在一個月前滿四十九歲了，明年將要邁入五十大關的自己要租一間沒有浴室的廉價公寓，每天過著領低薪的打工生活，償還超過兩千萬圓的債務。我不知道這樣的人生到底有什麼意義。我放下原子筆，不發一語地走了出去。

我不想再找工作。經過小鋼珠店門口時，只覺得裡面很吵。我覺得一切都很空虛。

回到有點髒的房間，開始思考如何尋死，同時開始思考有什麼未竟的事。

「你看──」

司機的聲音讓我回過神。

「那就是天龍川，就在馬路左側。」

我轉頭看向那個方向，在樹木後方看到一片漆黑的平面。河對岸亮起的零星燈光延伸的光線微微搖晃，於是我知道那是水面。

「稍微下游的方向就是船明水壩。」司機用大拇指指向後方，「水都蓄在這裡，所以這一帶水位比較高，河面也很寬。」

他說得沒錯，水面的位置只比道路低大約兩公尺左右，這裡離對岸至少有一百公尺。感覺不像是河流，而是行駛在細長形的湖畔。

「沿著這條河一直往前，很快就到了。」

原來快到了。

我真的沒有任何遺憾了嗎？

我已經設定用父親的年金支付安養院每個月的費用，父親可以在那裡住到死。八成沒問題。

母親的牌位和遺照也放在父親位在安養院的房間內。對了，要把四日市的姑姑電話留給安養院。

要不要寫些什麼給祐未——不必多此一舉，不必影響她的幸福。

也許因為想到了祐未的關係，我忍不住思考，如果自己有孩子，不知道會怎麼樣。無論孩子是否和我同住，我會丟下孩子自己去死嗎？即使再苦再累，應該也會努力讓自己的人生重新站起來——

不，算了，既然從來沒有體會過所謂的父愛，這種想像毫無意義。

計程車經過了河邊那片種植了樹木的綠地，左側的河面和柏油路面之間只有低矮的護欄。我陷入一種錯覺，好像計程車在黑色水面上滑行。馬路右側就是小山，斜坡上是一片綠樹。

前方是隧道入口，似乎從那裡開始漸漸遠離河面。司機在隧道入口前打了向左的方向燈。左側似乎有和隧道平行的小路。

計程車靠向左側，變換了車道，駛入小路。小路和剛才一樣，就在河畔旁。道路緩緩彎向右方，彎道前方有一座紅色的鐵橋。就在這時，司機叫了起來。

「啊，你看！」

他的食指指向車頂。

「你有沒有看到？」

「沒有——」他是指月亮嗎？

「我剛才應該放慢速度。我會把車子停好，我們再一起去看。」

來到鐵橋的橋頭，路肩有一片寬敞的空間。司機把車子停在那裡，沿著來路往回走。這裡沒有路燈，司機用手電筒照亮了腳步。他的準備很充分，也許曾經來過這裡好幾次。

我聞到了河水的味道。也許是因為前面的水壩擋住了水，這裡聽不到水聲。走了一段路之後，眼睛適應了黑暗。因為有月光，所以並不是一片漆黑。

抬起頭，滿月掛在正上方。

月亮就像是混濁的冰球，發出冰冷硬質的光。也許是顏色的關係，讓我有這種感覺。今晚的月亮不是黃色，而是蒼白色。平時的月亮是什麼顏色？

「今晚的月亮真的太美了，差不多快到中天的位置了。」司機也仰頭看著天空，「雨不是今天早上才停嗎？所以空氣很清澈。」

也許他說得沒錯，但我還是搞不懂，他剛才說這裡是離月亮最近的地方是什麼意思。

我們又走了五十公尺左右，司機停了下來，他轉頭看向後方，把手電筒照向上方。

「你看，就是這裡。」

桿子上有一塊藍色金屬板。那是道路標誌，即使在手電筒的燈光下，也可以清楚看到上面寫的字。

「月亮 Tsuki 3km」

月亮前方三公里——

上面的確這麼寫著。我有一種中了邪、好像被狐狸迷住的感覺。

「對不對？我是不是沒騙你？」司機抬頭看著路標，得意地對我說，「只有三公里，這裡絕對是地球上離月亮最近的地方。」

所以這個司機是狐狸嗎？我注視著他的側臉，他轉過頭，眼尾的魚尾紋更深了。

「我現在來為你揭曉謎底。剛才那座鐵橋再往前開，就是名叫『月亮』的村莊。濱松市天龍區月亮村。」

「喔——」原來是這麼一回事。

「這個地名是不是很少見？我是濱松人，之前都一直不知道。」

司機走向河邊，淺淺地坐在護欄上，抬頭看著月亮。

「自從知道這個路標之後，我每逢滿月的夜晚就會來這裡。」

「每逢——是來賞月嗎？」

「不，不只是賞月而已。」

我走向司機，河面映照的月亮顫動著。我在離他一點五公尺的位置靠在護欄上，像他一樣仰望著月亮。

如果說，這裡離月亮三十八萬公里，看起來就有三十八萬公里，但如果說只有三公里，感覺好像真的只有三公里。今晚的月亮就是那麼近。

我抽出一支菸，點了火，還是完全沒有味道。

「這位先生，你有沒有孩子？」司機問。

「──沒有。」

「這樣啊，那我不知道你能不能理解──」

司機有點害羞地抓了抓鼻子。

「我一直覺得，養兒育女很像月亮。父母是地球，兒女是月亮。」

「──喔。」

「你知道嗎？月亮就像是地球生的，曾經有一顆像火星一樣大小的小天體撞向原始地球，四散的碎片因為引力聚集在一起成為月亮。雖然還只是假設，也就是所謂的大碰撞說。」

我沒聽過。正確地說，我從來沒想過月亮是如何誕生這個問題。

「就像我剛才說的，嬰兒時的月亮就在地球旁邊。在月亮年紀還小的時候，天真無邪地整天轉個不停，願意在地球面前展現各種不同的樣子。開心的臉、悲傷的臉、鬧情緒的臉、快樂的臉、落寞的臉，可以看到所有的樣子。但是，隨著時間慢慢過去，月亮就離地球越來越遠，也不太願意轉動，而且開始有不願意讓地球看到的臉。並不是說背地裡做壞事的臉，而是不願意讓父母看到的一面，就像月亮的背面。」

我自己的情況如何？我記得差不多在十歲左右，就不再把自己的想法和感情告訴父親，父親也從來沒有想瞭解我這個兒子的想法。我只是粗暴地提出自己的要求，父親只是不由分說地拒絕。我和他之間一直以來都是這樣。

「這就是所謂的成長，但還是讓人感到難過。」

「——會感到難過嗎？」我原本以為父親根本沒有這種感情。

從剛才開始，就完全沒有車子經過這條小路。我向左右張望，幹線道路上偶爾會看到車頭燈靠近，但都消失在隧道內。

「我以前，」司機說，「當計程車司機之前在東京的一所高中當地理老師。」

「喔——」雖然感到意外，但也有一種恍然大悟的感覺。

「我從小就很喜歡宇宙和天體，大學也是讀這方面的科系，也讀了研究所。畢業後一度猶豫，不知道要繼續做研究，還是去當老師。最後決定當老師，因為我很嚮往和學生一起做研究。我去了一所中學和高中一貫的男校，那是一所升學學校，每年都有好幾十名學生考進東大。」

我不知道司機為什麼開始聊自己的事，但隱約感覺到，他從一開始就打算和我分享他的故事。

「我邀請學生一起成立了天文社，現在回想起來，那真的只是自我滿足。」司機獨自笑了起來，「但那些學生都很投入。啊，你知道嗎？只要計算月球表面某個區域的隕石坑數量，計算它的密度，就可以估算出那個區域的岩石生成年代，這稱為地層年代學。我和學生一起做這種研究，還在學會上發表，獲得了表彰。那段時光真的很快樂。」

司機瞇起眼睛，充滿懷念地繼續說道。

「之後結了婚，生了孩子，是獨生子。我記得在他九歲生日的時候，我買了天文望遠鏡給他，雖然是便宜的折射式望遠鏡，但他很高興。我們父子兩人幾乎每天晚上都一起看月亮，他真的很喜歡月亮。啊，你有沒有用望遠鏡看過月亮？」

「——沒有。」

「你可以用天文望遠鏡看一下，一定會感動。即使只是平價的望遠鏡，也可以清楚看到月亮，就連細部也可以看得很清楚。不要說三公里，感覺伸手就可以碰到，也許是因為這個原因，所以我兒子特別喜歡看月亮。」

我仰頭看著月亮發揮了想像力。並不是想像望遠鏡看到的月亮，而是想像和父親一起看月亮。我當然從來不曾有過這樣的經驗，即使在想像的世界，那也不是愉快的場面。

「天文社也有暑假合宿露營活動，我們每年都會去長野的乘鞍進行天體觀測。我也曾經帶我兒子去過兩次，他可能覺得很開心，說升中學時要報考我任教的那所學校。身為父親，我當然不反對，他從五年級就開始去上補習班，開始用功讀書，但可惜並沒有考上。」

夾在指尖的香菸不知道什麼時候燒到了濾嘴，我直接丟在地上。

「他說要在考高中時再次挑戰，然後進了本地的公立中學。我任教的那所學校雖然也可以從高中開始入學，但名額不多。我認為難度有點高，但既然兒子有決心，我當然鼓勵他，要他好好加油。中學一年級的時候完全沒有問題，但在二年級重新分班後，他就經常請假。早晨起床後，經常說頭痛、肚子痛。我也是老師，很快就產生了警覺，他應該遭遇到霸凌。」

「喔喔……」我發出輕微的聲音。

「我猜是遭到同學的排擠，竊竊私語說他的壞話這種不會留下痕跡的霸凌。我兒子很矮很瘦，是個熱愛科學的書呆子，很容易成為霸凌的目標，但我兒子一直不承認。不知道是不願讓父母擔心，還是自尊心太強。畢竟他才十四歲，正是開始有不願讓父母看到那一面的年紀。

我認為沒必要對抗霸凌，不需要勉強去學校，轉學也沒問題，我也這麼告訴兒子。他在二年級期間幾乎沒有去學校，都在家裡讀書。升上三年級後又重新分班，狀況稍微改善了些，從第二學期開始，幾乎每天都去學校，我們也放了心，但學習的進度有點跟不上，因為二年級時缺課太多，學校對他各科的評分不高，他自己也很清楚，應該沒辦法進好高中，但仍然堅稱一定要報考我任教的那所學校。」

我目不轉睛地看著司機的側臉。雖然我並不想聽他說這些事，但仍然試圖解讀他的表情，司機始終保持著有點為難的微笑，低頭看著柏油路面。

「考試那天早晨，因為我要監考，所以早早出了家門。臨出門前對他說：『心情放輕鬆，盡力而為。』他點了點頭，說了聲『嗯』。那是我們父子最後的談話，他並沒有去考場，出了家門後，去附近公寓的屋頂跳樓了。」

我緩緩吐出了無意識中憋著的氣。我當然說不出任何話。

寂靜持續著。我覺得月亮似乎在天空中觀察，接下來誰會先開口。

司機站了起來，似乎不喜歡眼前的沉默。

「這個世界上，真的有難以克服的悲傷。」

他說得事不關己，轉過身，面對河流的方向。他雙手撐在護欄上，揚起了下巴。

「我無論如何都搞不懂，他為什麼想要尋死，也不知道他在想什麼，我到底該為他做什麼，到底什麼才是正確答案。這位先生，你知道嗎？」

我對這個愚蠢的問題感到心浮氣躁，甚至無法搖頭。

「之後，我就辭去了教職。我老婆責怪我，我也責怪我老婆。其實我心裡很清楚，我老婆也只能對著我發洩。不久之後，我媽因為太受打擊病倒了。我爸早就去世了，所以我一個人回來濱松，和我老婆也就這樣分開了。我們沒有離婚，就這樣拖了十五年。我老婆也回到了千葉的娘家。我們這對夫妻是不是很奇怪？

「回到濱松後，我記得差不多半年左右的時候，我覺得活著是極大的痛苦，所以就在我媽睡著之後，開著車子出門了。和你一樣，想要找個地方了斷自己。我漫無目的沿著天龍川逆流而上，剛好把車子開進了這條小路。當我看到這個路標時，以為自己在做夢，覺得自己終於發瘋了。我慌忙把車子停了下來，然後走回來確認。我揉了好幾次眼睛，但還是清楚地看到上面寫著『月亮前方三公里』。」

司機的肩膀微微晃動，看起來好像對著月亮在傾訴。

「那一刻，我終於知道，我必須好好活在這個世界上，直到壽終正寢，然後來這裡持續問那個孩子，你當時在想什麼？為了什麼事感到痛苦，卻無法告訴我們父母？爸爸到底該為你做什麼？

「我知道不會聽到答案，因為他背對著我，但是，我必須在這個離月亮最近的地方，努力看清楚他不願面對我們的那張臉和表情，即使只是側臉，即使只是短暫的剎那，因為我是他的父親。」

空氣再度停止。

我想要改變眼前的氣氛，靜靜地離開護欄，像他一樣轉身面對河流。

司機轉頭看著我。

「所以每逢滿月之夜，我都會來這裡。沒想到——」

司機的嘴角露出了笑容。

「今天偏偏載到了像你這樣的客人。」

我的視線從他為難的笑容上移開，再度看著月亮。

我在內心呼喊。

喂，少年。

你有一個好父親。

他是這麼出色的父親，他努力試圖瞭解你，即使在你死了之後，仍然努力試圖瞭解。

但是，你為什麼死了？你完全沒必要結束自己的生命。

你不是才十五歲嗎？年僅十五歲而已，又不是五十歲——

月亮的輪廓漸漸模糊，而且格外刺眼。這是怎麼回事？

我在蒼白的光球中，看到了母親的臉龐。

母親的臉龐漸漸變成了父親。

但不是父親的臉，而是頭髮稀疏，可以看到頭皮的後腦勺。

送父親去安養院的那一天，我在最後對他說：「你要聽大家的話，我還會來看你。」父親面對牆壁，盤腿而坐，自始至終沒有回頭看我。我此刻看到了他那時候的後腦勺。

父親活在這個世界，但已經不是這個世界的人。即使睜著眼睛，也看不到自己的兒子；即使張嘴，也不會對自己的兒子說話。父親的臉在月亮的背面，再也不會轉過來。

三十八萬公里——

月亮感覺很遙遠，在遙遠的地方。

直到最後一刻都沒有轉過頭，然後去了那麼遙遠的地方。

「——三十八萬公里。」

我小聲嘀咕著這個數字。

不知道是否因為這個原因，月亮突然恢復了清晰的輪廓。蒼白的光球只是一個滿是坑洞的岩石天體。

沒錯，並不是這樣，父親並不是在那麼遙遠的地方。他在岐阜，獨自在安養院，離岐阜車站還不到三公里。

父親已經無法回答我任何問題，但我可以直接看著他眼神渙散的雙眼，也可以直接在他耳邊問他。

你覺得你兒子怎麼樣？你想對兒子說什麼？你愛不愛你的兒子？

「——你現在有什麼打算？」

司機問我。

「你還要繼續探路嗎？」

我沒有回答，摸著襯衫的胸前。

我拿出菸，把一支壓得變形的菸叼在嘴上點了火，深深地吸了第一口。

我並不覺得美味，只覺得很苦，但這次總算有了味道。

月亮蒙上了紫煙。

星六花

「降雨機率是零，並不是代表絕對不會下雨的意思。」

在四個人的聚餐接近尾聲時，那個姓奧平的人突然開了口。他坐在我對面左側的座位，大部分時間都只是靜靜地微笑。

「什麼意思？」坐在旁邊的美彩靈巧地挑起了畫得很漂亮的眉毛，大拇指和食指圈成一個圓，微微偏著頭問：「不是零嗎？」

即使在我這個女人眼中，也覺得同公司的後輩美彩的舉手投足都很可愛。據說新年過後，她即將邁入三十大關，但只要稍微改變妝容和服裝，說她是大學生也有人相信。只是我會杞人憂天地覺得，她的言行很可能成為引起同性反感的原因。

「降雨機率不是以百分之十為單位嗎？」

奧平均等地看了看我和美彩後說。他皮膚白淨，瘦瘦的，但聲音很低沉渾厚。

「所以是四捨五入後的數值，如果低於百分之五，在公布時都歸類在百分之零，而且降雨機率指的是降雨量超過一毫米的機率，飄過一陣雨就不算是降雨。」

「是喔，原來是這樣。」美彩轉頭看向旁邊的窗戶，雨滴順著用白色噴漆畫的聖誕老人的腦袋滑落，「所以即使遇到這種情況也不足為奇嗎？」

我們之所以會討論這個話題，是因為看到雨水滴滴答答地打在位在二樓餐廳的窗戶。雖然只是小雨，但今天早上看天氣預報時，並沒有看到雨傘的符號。美彩說，天氣預報預告，今天下午的降雨機率是零。

「無論是不是不足為奇，都無法接受，對不對？」坐在對面右側的男生岸本伸出已經變紅的臉，徵求美彩的同意，「因為零就是零，就是沒有，根本不會理解成可能會下一丁點雨的意思。」

「就是嘛，就是嘛！我根本沒帶雨傘，氣象局出來面對！」

美彩搞笑地舉起拳頭說道，奧平瞇起一雙單眼皮的眼睛，彬彬有禮地說：「謹在此為敝廳說明不夠充分向各位道歉。」

我們四個人喝了三瓶葡萄酒，但大部分都進了岸本和美彩的肚子。奧平應該只喝了紅酒和白酒各一杯，我只喝了一杯白葡萄酒。我並不是不能喝，只是我從以前就不喜歡那種喝醉酒之後，我不再是我自己的那種感覺。

為了延續這個話題，我對他說：

「既然是四捨五入，就代表實際計算出很精細的機率。」

雖然我對天氣預報沒有興趣，但奧平第一次成為談話的主角，我想多聽聽他的聲音和說話的方式。

奧平雙手握著水杯，點了點頭說：「是啊。」我忍不住看向他白淨細長的手指，他的手上當然沒有戴戒指。

「氣象廳將過去的氣壓分布和觀測值建立了資料庫，用電腦找出和目前狀況相似的模式，計算出降雨的機率，所以姑且不論到底有多大的意義，以統計數據來說，的確是很精細。」

奧平在說話時不時停頓，可以感受到他在說話時，努力想要簡潔正確傳達想要表達的內容。

「是喔，不愧是氣象——」我原本要說氣象預報員，但臨時改了口，「方面的專家。」

「我還一直以為，」岸本大聲說話，因為喝了酒的關係，他似乎已經無法控制自己的音量，「氣象預報員看著天氣圖，然後覺得『看起來有八成的機率會下雨，好，降雨機率就是百分之八十！』然後就這麼決定了。」

岸本說完，一個人笑了起來。今天來聚餐的這兩個男生是以前讀大學時一起參加網球社的學長和學弟，岸本並沒有禮讓他的學長奧平，在聚餐時一直自顧自說話。

我假裝確認時間，打開了放在腿上的手機套。我剛才把他們的名片夾在手機套中，我偷偷確認了奧平的名片。

〈氣象廳 東京管區氣象台 氣象防災部 技術課 技術專門官 奧平潤〉

在一大串頭銜中果然沒有「氣象預報員」這幾個字。在乾杯前自我介紹時，我也沒有聽他提到這幾個字。既然他在氣象廳內有一官半職，照理說應該有氣象預報的證照，但不知究竟如何。

目送美彩和岸本搭乘的計程車離開後，奧平對我說：

「不用擔心。」

「啊——？」

「妳不用露出那麼擔心的表情，岸本對女生會發揮騎士精神。」

「不，那個……」我為竟然連旁人都看出來了感到驚慌，慌忙掩飾說：「因為他們兩個人都喝得很醉……」

因為他們住的方向相同，所以就搭了同一輛計程車。別看美彩那樣，其實她這個人很有主見，而且大家都是成年人，我沒必要自以為是家長為她擔心。

只不過——剛才美彩準備坐進後車座時搖晃了一下，已經先上車的岸本抓住她的手臂扶了一下。這個畫面刺激了我的記憶，讓我忍不住露出了緊張的神色。

我家離這裡不遠，但晚上不會獨自搭計程車。奧平也說要搭電車回家，所以我們一起走去惠比壽車站。

天空雖然飄著雨，但不需要撐傘，汽車的車頭燈照亮了像霧一樣的雨，狹窄街道上冷不防出現像秘密基地般的餐廳。冷風陣陣吹過。

「突然變冷了。」我重新圍好披肩說道，「白天穿大衣還覺得有點熱。」

「因為吹起了北風的關係，」奧平也把牛角釦粗呢大衣領子的釦子扣了起來，「也許就是因為這個關係才會下陣雨。來自海上的風和北風相遇，形成了局部的雲。」

「你有氣象預報的證照吧？」

「是啊，我在大學時就考了證照，但在工作時並不負責預報工作，因為我還不是預報員。」

奧平向我說明了在氣象台的工作。技術課這個部門的主要業務是維修和管理氣象觀測儀器——像是氣象數據自動採集系統和氣象雷達，但並不算是工程師，他目前的職稱是「技術專門官」，升遷之後才能成為「預報員」，他也以此為目標。

有趣的是，在氣象台工作的大部分理科系職員並沒有氣象預報的證照。聽奧平說，那只是針對民間的制度，並不是進入氣象廳工作或是升為氣象預報員的必要條件。

「你太厲害了。」我這麼說並不是奉承，「既然在讀大學時就考取了氣象預報員的證照，就代表氣象工作是你的夢想，你實現了自己的夢想，真的好厲害，太羨慕了。」

「不，我只是氣象阿宅。」

「也有氣象方面的阿宅嗎？」

「有啊，像是雲阿宅或是天氣圖阿宅。」

「天氣圖阿宅……就是喜歡看天氣圖嗎？」

「不，他們會聽廣播中的氣象報告，然後自己畫天氣圖。」

「氣象報告？」

「妳不知道有這種東西吧？」奧平似乎覺得很好笑，整張臉都笑了起來，「ＮＨＫ的第二廣播電台每天會播報一次各地的氣象報告，像是『石垣島今天吹東南風，風力三級，天氣晴朗，氣壓為一零一五百帕，氣溫是二十三度。那霸為——』」

「光是聽這些，就可以畫出天氣圖嗎？」

「只要稍微學習一下，然後多練習就行了。市面上有賣專用的紙，我讀中小學的時候也常把收音機拿到公寓的陽台上，聽廣播後自己畫。」

「為什麼要去陽台？」

「那是五樓的小陽台，」奧平害羞地垂下雙眼，「我把那裡當作是自己的氣象台，在陽台上放了一張小桌子和椅子，然後存零用錢買了便宜的氣壓計和風速計。」

「原本還以為只是辦家家酒，沒想到很有模有樣啊。」

「我每天在筆記本上做記錄，畫天氣圖，然後自己預報天氣。我爸媽每天晚上都會問我：『小潤，明天的天氣怎麼樣？』雖然當時還是小孩，但還很認真地做預報。」

「你父母真好。」

「總之，我每天都花很長時間在陽台上看天空，如果看到奇特的雲，就會去查圖鑑，然後畫下來。」

「所以你還是雲宅男。」

「嗯，是啊，我現在也隨時帶著相機，只要看到漂亮的雲，就可以馬上拍下來。」奥平輕輕拍了拍斜背的尼龍包。

「啊，對了。」我停下腳步，拿出手機，給他看了手機待機畫面上的照片，「這是很罕見的雲嗎？我記得有一個特別的名字——」

藍天中一抹淡淡的雲閃著七彩的光芒，但並沒有彩虹，而是雲的邊緣部分發出七彩的光。

「喔，這是很典型的彩雲。」奥平語帶驚嘆地說。

「彩雲！沒錯沒錯，就是彩雲。」

「陽光通過帶有水滴微粒懸浮的薄雲時——這稱為繞射——會因為波長的關係，導致通過的光產生不同方向的繞射，就會變成像彩虹般的顏色。」

「是喔——但其實我聽不太懂。」

「原理並不重要，這張照片是妳自己拍的嗎？」

「不是不是，在是網路上看到的，我覺得很漂亮。我以前就很喜歡天空和雲的照片。」

最後一句話是添油加醋，彩雲的照片也是借用了最近迷上攝影的朋友貼在社群網站上的照片。只要是難得一見的風景照，我都覺得很好看。

「富田小姐，妳具備了氣象阿宅的素質。」

看到奧平笑得眼尾擠出了魚尾紋，我感到莫名的高興。

當我回過神時，發現已經不知不覺來到了惠比壽車站的西口。圓環周圍的行道樹和街頭裝置藝術上裝了五彩繽紛的彩燈，充滿了歡快熱鬧的氣氛。我們來到車站大樓入口處的巨大聖誕樹下，不約而同地停下了腳步。

「我要搭ＪＲ的電車。」我指著車站大樓的入口說。

「我要搭地鐵，日比谷線。」

奧平看著天空，從包裡拿出一把黑色折傘，將傘柄的方向朝我遞了過來，面帶微笑地說：

「這個給妳帶著，以防萬一，可能還會下雨。」

「不用，沒關係，沒關係。萬一下雨，你不是會淋溼嗎？」

「我沒事，即使下雨，我從車站跑回家只要一分鐘。」

「但是……」我吞吞吐吐起來。因為我不想說「即使借了，也沒辦法還你」這句話，所以只是小聲地嘀咕「要怎麼……」

「這把傘先放在妳這裡沒關係。」奧平幾乎是半強迫地把傘塞到我手上，「嗯……差不多到聖誕節的時候。」

「聖誕節？」

「對——」奧平低頭看著手錶，挑起眉毛說：「慘了，快趕不上末班車了，因為我要回隅田川的對岸。」

「啊，那你趕快走吧。」我慌忙對他說。

「不好意思，時間太晚了，妳路上小心。」奧平準備走向往地下樓梯的階梯時，回頭問我：「富田小姐，妳有用推特嗎？」

「我有帳號——」雖然已經好幾年沒有發過文了。

「如果妳有時間，可以看我的推特，我有時候會上傳一些雲的照片。我用的是本名，只要搜尋一下就可以找到。那就改天見。」

奧平一口氣說完，沿著樓梯下了樓。我只能把折傘抱在胸前微微點頭說：「好，改天——」

在澀谷換井之頭線之前，我的心情都很飄飄然。

這是星期五夜晚。我在擁擠的電車內走向座位的方向，找到一個空位，握著吊環。在電車啟動的瞬間，我就被拉回了現實。因為我在車窗上看到了自己的身影。

明年邁入四十大關的乾瘦女人。五官並不漂亮，看起來也不年輕。雖然注意衣著打扮，但稱不上時尚，只是努力不讓自己成為同事眼中的「大嬸」、「土包子」。

聽說奧平今年三十七歲。比我小兩歲，公務員，感覺很不錯。這種男人沒理由選擇即將邁入四十的女人作為結婚對象。

但是——既然這樣，為什麼今天匆匆趕去聚餐？我問車窗中的自己，在內心自嘲。

大學時的同學促成了這次聚餐。岸本是她老公的下屬，於是岸本邀了奧平，我找了美彩，兩男兩女一起聚餐。

老同學一再叮嚀：「妳千萬別帶比妳年輕的女生去。」雖然我並不是沒有和我年紀相仿的未婚朋友，但因為兩個男生都比我年紀小，所以我覺得如果不帶比他們年紀小的女生很不協調，和我同部門的美彩是我周遭唯一單身、沒有男朋友，年紀又比我小的女生。

但其實我找美彩一起去聚餐，既不是為了她，也不是為那兩個男生著想，只是不想讓別人覺得我是一個找陪襯來襯托自己的公主病女人。不知道這算是頑固還是虛榮，但反正就是很自我。我深刻體會到，自己變成一個討厭的女人。

比方說，眼前就是最好的例子。坐在我面前，看起來像是學生的女生在用手機回訊息時，嘴角露出了笑容。我在二十歲左右時，很喜歡看女生對著手機笑的樣子，想像著她一定在和男朋友傳訊息，連我也跟著幸福起來。但是現在呢？現在會覺得她一定用 Line 和朋友說誰的壞話。我從什麼時候變成這樣——？

手機在大衣口袋內震動。是美彩用 Line 傳來訊息。

〈今天很謝謝妳邀我參加！我已經到家了。〉

〈我才要謝謝妳願意和我一起參加。感想如何？〉我回了她的訊息。

〈很開心！兩個男生都很不錯！〉

〈是啊，也都不抽菸。〉

〈啊，千里姊，這點對妳超重要，哈哈。〉

我討厭別人抽菸似乎在部門內很有名，其實那並不是「討厭」的程度而已。美彩的訊息還有下文。

〈我和岸本交換了Line，但老實說，會不會和他單獨見面就很難說了，哈哈。〉

〈原來還很難說啊，哈哈。〉

〈千里姊，妳呢？〉

雖然她問得很婉轉，但應該是在問奧平。奧平是為我準備的對象，所以她不能評論，也不能對他有任何表示——美彩一定這麼認為。

我猶豫了一下，決定只陳述事實。我想瞭解一下美彩的反應。

〈走去車站的路上聽他聊了氣象台的工作，臨別時，他把折傘借給我。〉

〈啊?!那不就代表有希望嗎?!把雨傘還給他時，不是又會見面嗎？〉

〈我也不太清楚，應該是這樣吧。〉我冷冷地回答，努力忍著有點心癢癢的興奮。

〈妳怎麼說得好像事不關己？哈哈，千里姊，妳對他沒興趣嗎？〉

〈也不是啦……〉寫到這裡，不知道接下來該寫什麼。我不希望她覺得我很花痴。〈時

間不早了，見面再聊。〉

〈啊？我還想聽啊，哈哈。但今天去參加聚餐真是太好了！如果不多認識一些朋友，就沒有機會。我不想後悔。〉

我不想後悔——這句話是美彩的口頭禪。她的確很積極，幾乎每個星期都會去參加聯誼派對，也會在下班之後和在交友軟體上認識的男生見面。我完全無法想像和不知道對方真實身分的人單獨見面這種事。

真希望她在工作上也能發揮這種熱忱，只要一成的熱忱就好。她的工作態度簡直就像在向大家宣傳，她一旦找到結婚對象就會馬上辭職，難道她對這種工作態度不會感到後悔嗎？

不——我這是多管閒事。我哪有資格自以為了不起地說別人。

我自認在工作上很努力。雖然從東京小有名氣的私立大學畢業，但畢業時剛好遇到所謂的求職冰河期。在到處碰壁，四處求職後，目前這家中堅文具廠商終於收留了我。之後十七年來，我在業務、會計、宣傳、商品企畫各個部門擔任綜合職，去年被調到了人事部。雖然目前的職稱是主任，但手下並沒有其他人。

如願進入商品企劃部才兩年就被調走，讓我承受了不小的打擊。因為我沒有企劃出任何一項可以驕傲地說，這是自己推出的商品，於是就被當作應付緊急狀況的棋子，調到了人手不足的人事部。

無論在任何部門的表現都超過了及格分數，但無法讓各部門認為是不想放手的人才。雖然知道這就是主管對我的評價，但還是在自己的崗位努力工作。我為此感到一絲驕傲，但並沒有絲毫的後悔。

但在私生活方面則是完全相反，我完全沒有付出任何可以讓自己掌握幸福的努力，浪費了二十五歲到三十五歲這段人生最寶貴的時期。即使有人邀我參加聯誼，我也都避之唯恐不及，對職場內單身男同事的態度也極其冷淡。對於像我這種不引人注目的女人來說，不被男生列入考慮是一件輕而易舉的事。

當我猛然回過神時，發現即將邁向四十大關。怎麼會這樣？——事到如今，才忍不住嘆息，然後整天都在「反正」、「還不是因為」、「但是」之間打轉。

反正我這種人就是嫁不出去。即使現在拚命聯誼也沒用。

會變成這樣並不是我一個人的錯，還不是因為之前曾經發生過那件事的關係。在我埋頭工作之際，時間就這樣一下子過去了。

但是，我內心深處仍然抱著期待，有人會把適合我的理想對象帶到我的面前。我並不會很挑剔，應該很快就會遇到真命天子。說內心抱有期待只是好聽，說白了，就是即使到了這種時候，仍然只想依靠別人，坐享其成。

我想到自己以前是漫畫雜誌《RIBON》的忠實讀者。我從小學開始看這本雜誌，在升上高中，周圍的同學早就不再看這種類型的雜誌後，我仍然會偷偷去附近的書店買回家看。我知道自己為什麼會突然想起這種事。因為我發現自己的本質仍然和那個時候一樣，根本沒有成長。雖然我早就知道這個世界上並沒有白馬王子——

為了分散再度開始沮喪的心情，我打開了新聞應用程式，手指在滑動頭條新聞時忍不住停了下來。

〈四十多歲未婚女性能夠步入禮堂的機率只有百分之一?!〉

雖然巧妙地混在標題內，但內容八成是婚禮產業或是聯誼書籍的廣告，我甚至懶得點開文章。因為之前整天搜尋相關結婚的內容，所以手機才會顯示這種廣告。我心浮氣躁地按掉了新聞應用程式。

一旦意識到結婚的問題，經常會看到這種數字。一下子是百分之二點七，一下子又是百分之四點一，只要上網搜尋，就會出現各種數字。有人說，那些所謂的統計數字全都是胡言亂語，事實到底如何就不得而知了，但我覺得雖不中，可能亦不遠。

總而言之，如果按照降雨機率的算法，全部都會四捨五入，列入是零的範圍。

我深深嘆了一口氣，把手機放進皮包，碰到了雨傘光滑的布料，心跳再度加速。

明明不需要，但他特地借雨傘給我，而且還要我保管到「差不多到聖誕節的時候」。

雖然我告訴自己不能抱有期待，但仍然發現自己努力從這句話中尋找悅耳動聽的理由。有沒有機會把原本是零的機率提升到百分之十——

心情在這麼短的時間內劇烈起伏。好久沒有體會這種感覺，思考和內心都有點難以適應。

＊＊＊

「妳不覺得東京的降雪預報很不準嗎？」

奧平說。他坐在咖啡店內，用雙手握著咖啡杯，這可能是他說話時的習慣。

「的確有這種感覺，明明預告說會積雪，結果只下了點雨夾雪。」

「也有相反的情況，明明說不會積雪，結果都心下起了大雪，積了將近十公分的雪。」

這家星巴克可能因為在行政街附近的關係，下午一點多時，店內出現了零星的空位。

奧平說他剛好下午請了休假，所以今天下午不必回氣象台上班。

我因為工作的關係，剛好要去氣象廳附近，所以想把雨傘還給你——我昨晚這麼告訴他。我的確要去大手町的客戶那裡，但其實有一半是藉口。那是誰去都沒有關係的跑腿工作，我主動接了下來。

距離上次聚餐剛好一個星期，我很想見奧平，但不敢約他吃飯，所以覺得約在咖啡廳見面，把借來的雨傘交還給他，這樣剛剛好。

「預報不準是有原因的。」即使在充斥著音樂聲和談話聲的店內，也可以清楚聽到奧平渾厚的聲音，「關東平原地區降雪，通常都是南岸低氣壓造成的。就是經過日本列島南側的低氣壓，在有寒流的時候，南岸有低氣壓靠近，靠太平洋那一側就會下雪，問題在於路徑。」

奧平把放在桌上的手機橫了過來，然後用食指沿著手機從左向右移動。他似乎用手機當作日本列島，指尖當作低氣壓。

「當低氣壓經過時，離日本列島有一小段距離，就很可能會下雪。如果離陸地太近，就會下雨。如果離太遠，就會連雨也不下，問題是很難正確預測低氣壓的路徑。」

「原來是這樣，真是複雜啊。」

「而且，籠罩關東地區的寒流狀態，尤其是地表附近的氣溫也很重要，如果無法正確預測，就很難判斷到底會下雨還是下雪，這也是一大難題。」

「即使這樣，仍然必須預報，想到就會胃痛。」

「當下雪預報不準時，特別容易遭到抨擊。」奧平微笑著說，「因為在東京，有沒有積雪是很大的問題。」

「你說得沒錯，只要稍微有積雪，電車和道路就會陷入大混亂。」

奧平拿起手機，打開了推特。他俐落地操作後，將螢幕出示在我面前。那是我已經看過多次的畫面，是奧平發的文。

「這個『首都圈雪花結晶計畫』就是為了提升下雪預報的準確度而進行的試驗。我們首先想要進一步瞭解會造成降雪的雲的物理特性，為此，就必須直接觀測雲內部的情況，只不過很難蒐集這方面的數據資料，於是我們想到了可以瞭解落在地面的雪花結晶形狀。」

「我覺得很棒。『雪花是上天寄來的信』——是不是這麼說？」

我反覆看了很多次一連串的推特內容，所以都記住了。這句話是知名的雪花研究人員中谷宇吉郎說的。

我第一次知道，原來雪花結晶有各種不同的形狀。說到雪花結晶，普通人都會想到六角形的樹枝狀結晶，就是設計上經常用來代表雪花的那個圖案。但實際上除此以外，還有針狀、板狀和角柱狀等各種不同的形狀，氣溫和水蒸氣的量決定了雪花結晶的形狀，也就是說，只要觀察飄落的雪花結晶形狀，就可以分析大氣的狀態。

「中谷博士為社會大眾寫的科學啟蒙書和隨筆也都很有名，如果他還活著，一定會感到很高興，因為這個計畫是大家一起蒐集上天寄來的信。」

沒錯，這個「首都圈雪花結晶計畫」並非只有研究人員參加而已，而是利用推特，讓廣大民眾也可以參加。氣象研究所的一名研究官發起了這個活動，奧平等多名氣象廳職員以共同研究者的身分加入這個活動。

這個活動的概要如下。奧平等共同研究者在推特上分享這個活動的目的和參加方法，呼籲住在關東地區的民眾一起加入。想要參加活動的人在實際下雪的時候，用手機近拍雪花結晶，同時寫下拍攝時間和地點，然後加上〈#首都圈雪花結晶〉的主題標籤，在推特上發文。奧平等研究團隊就會彙整這些資料加以分析，瞭解雪雲的實際狀況。

我是在那天聚餐的晚上得知這件事。我悶悶不樂地鑽進被子，用被子蒙住頭，看了奧平的推特。他在推特上最近的一篇發文，就是關於這個計畫的內容。即使我完全沒有相關的知識，在看了一系列發文內容後，也能夠瞭解他們這個計畫的目的。

隔天，我用推特向奧平傳了訊息，針對這個活動問了一些無關緊要的問題。他立刻仔細回答了我的問題，然後我們開始互傳訊息。那天之後，我就假裝對這個活動很有興趣。

「我之前在訊息中也提到——」我努力裝出開朗的聲音說，「我絕對會參加，而且超期待。」

「我就知道妳會這麼說。」奧平眼尾擠出了魚尾紋。

「是因為我具備了氣象宅女的素質嗎？」

奧平出聲地笑了起來，「我該說歡迎進入我們的世界嗎？妳已經沒有退路了。」

「聽你這麼說，感覺有點可怕。」我也笑著回答，「但自從小時候以來，就從來沒有這麼期待過下雪。」

我用自己的手機打開瀏覽器，點進了書籤收藏的網站。那是奧平在推特上介紹的網站，按照不同的類型分類的雪花結晶一覽表，總共竟然有四十種。

針形、角錐形、角柱、角板、扇形、砲彈形、鼓形——有各種不同的形狀，看起來像六根樹枝形成正六角形的結晶稱為「六花」。除了知名的樹枝狀六花，還有廣幅六花、蕨狀六花等各種不同種類的六花。

「我喜歡這個。」我指著其中一種六花，出示給奧平。

「喔，那是星六花。」

那是最簡單的六花形狀，六根針均等地向六個方向延伸。我覺得「星六花」的名字也很好聽。

「我能夠理解，」奧平又接著說，「該怎麼說……很符合妳的感覺。」

「啊——」我忍不住感到驚訝，「你是我說很平淡的意思嗎？」

「不，不是不是。」奧平慌了手腳，我看了也忍不住覺得好笑，「我不是這個意思……」

「我和你開玩笑。」我笑著回答後，感覺到內心充滿了喜悅。因為我也覺得星六花很像我。

「不知道能不能看到星六花。」我小聲嘀咕。

「我認為很有可能。去年十二月下雪時，也看到了樹枝狀以外的六花，還有人分享了針狀、柱狀、十二花和附有枝狀的角板。通常水蒸氣的量越多，就越容易形成樹枝狀六花等複雜的結晶，水蒸氣的量少的時候，就只有單純的角柱或是角板形狀——」

奧平熱心地向我說明，但我只覺得他的聲音很好聽。

坐在我面前的這個男人非但不是我的男朋友，也許連朋友也稱不上，但我仍然感到無比幸福。其實星六花和雪花活動都根本不重要，只要今年冬天常常下雪就好。一旦下了雪，這種溫暖而平靜的時間就可以持續——我飄飄然地沉浸在這種思緒中。

「如果會下雪，大約會是在什麼時候？」我問他。

「根據數值預報，在下個星期中或是週末，高空將會有強烈冷氣團南下，如果南岸有低氣壓發生，也許就會下雪。」

「下個星期的下半週，不就剛好是聖誕節嗎？所以今年有機會迎接白色聖誕節嗎？」

「我認為有這種可能，等一下我就要去見對這方面很熟的預報員，掌握最新資訊。」

「咦？你等一下還要上班嗎？你不是說，請了半天假——」

「我要去筑波的氣象研究所討論這個活動的相關事宜，因為這和我本身的業務無關，所以必須請特休去那裡。」奧平看了一眼手錶說：「時間差不多了。」

「啊，那我們走吧，我也要回公司。差一點忘了正事——」我從皮包裡拿出折傘，雙手遞到他面前，「真的很感謝你。」

雖然那天我根本沒用，但重新折好了。

但奧平並沒有伸手接過去，搖了搖頭說：

「妳繼續留著，等到下雪的時候用。」

「啊——什麼意思？」

「拍雪花結晶時，黑色或是深藍色的雨傘最理想。下雪的時候，把傘撐開，然後近拍傘上的結晶。雨傘的布料有防水性，結晶不容易變形。」

「喔——」我說不出話。

「因為我猜想妳應該沒有黑色的傘。」

「——呃，是啊……」

我假裝恍然大悟地點著頭，但覺得自己的臉紅了。

原來是這麼一回事——我終於瞭解他那天晚上為什麼硬是把雨傘塞給我，和要我把雨傘留到聖誕節的理由了，我卻因此產生了百分之十的期待。

我匆匆收起了折傘。回想起來，這也是理所當然的事，事情的發展怎麼可能如此盡如人意？我真是太蠢了——

我羞愧得不敢看奧平一眼，就走出了咖啡店。

我們並肩走在一起，左側就是皇居的護城河。

天空很晴朗。奧平聊著今天的天氣，我微微低著頭，只是不時附和而已。北風似乎很冷，但我的皮膚好像麻木了，完全沒有任何感覺。前一刻的幸福心情已經煙消雲散。我感到腰腿無力，舉步維艱。

話題中斷了，我覺得不主動說些什麼有點尷尬，於是努力尋找話題。

這時，剛好有四、五個女生迎面走來，肩上背著小提琴或是管樂器的盒子，看起來像是大學管弦樂社的成員。她們聊得很開心，不時發出歡快的笑聲。

「──她們看起來很開心。」我脫口說道，但說話毫無感情。

「很棒，真的很棒。」奧平也輕鬆地應了一聲。

我忍不住抬頭看著他，他有點納悶地回望著我。

「所以，你還是覺得年輕的女生比較好嗎？」因為我太慌亂了，所以只想到這麼沒品的話。雖然我努力做出調侃的表情，但不知道看起來如何。

「不，請等一下。」奧平尷尬地笑了笑，「我和妳想要表達的意思一樣啊。」

「呵呵，我知道。」我努力揚起嘴角。

「不過，」等到那幾個談笑的女生經過身邊後，奧平又接著說道：「我覺得自己真的老了，只要看到年輕人，就覺得他們看起來青春洋溢，這和臉漂不漂亮、可不可愛無關，無論怎樣的年輕人，都可以在他們身上感受到一種美，然後覺得這就是生物的規律──」

說到這裡，他似乎想到了什麼，慌忙補充說：「喔，我是說，男生女生都一樣。」

「我瞭解，大嬸也完全能夠理解。」

不光是奧平的話，就連自己說的話也刺痛了我的心。這種疼痛消除了前一刻的羞恥，我分不清自己是心灰意冷還是豁出去了，繼續說道：

「不過男人比較占便宜，因為男人散發魅力的期間比女人長多了。」

「有嗎？」

「當然有啊。我覺得你現在就是最有魅力的時期。」我已經說什麼都不怕了，「你不考慮結婚嗎？」

「——是啊，老實說並不考慮。」

聽到他親口這麼說，全身都感到無力。更不可思議的是，這讓我問了更輕浮的問題。

「你沒有喜歡的對象嗎？」

「沒有。」

「一直沒有嗎？」

「不，以前曾經有過。」

「怎樣的人？」

「怎樣的人……是高中同學，我想對方應該早就結婚了。」

我沿著新宿大道走向四谷車站。今天覺得周圍的風景和平時不一樣，是因為這一陣子都不曾五點就下班離開公司。和奧平見面後回到公司，但完全沒有心情工作。

美麗的晚霞出現在正前方那片大樓的後方。「美麗」只是文字上的形容，不知道從什麼時候開始，即使看到天空和花草，也不會發自內心感受到美麗。

一道長長的橘色飛機雲拉向西方的天空，每次看到飛機雲，就很想出國去留學。無論英國或是法國都好，總之想去那片天空的遠方。

雖然那是我高中時代的夢想，一直想著有朝一日要實現這個夢想，卻從來沒有任何行動。不要說出國，我甚至沒有獨立生活的經驗，至今仍然住在杉並的老家。

我也曾經交過男朋友，但只有一次經驗。那時候二十三歲，交往了兩年半左右。對方比我大兩歲，在公司辦的活動中認識。他當時在埼玉的一家工廠管理部門工作，每逢週末，我就會去他位在大宮的公寓找他。

如果問我喜歡他哪裡，老實說我也答不上來。他這個人很樸實，喜歡足球，是鹿島鹿角足球隊的忠實球迷，除此以外，並沒有特別的興趣。他喜歡吃小孩子喜歡的菜色，每次我做漢堡排或是蛋包飯，他都吃得津津有味。因為那是我第一次交男朋友，所以當時很投入，也隱約覺得以後會嫁給他。

沒想到交往了兩年，他的態度明顯變得冷淡了。缺乏戀愛經驗的我完全搞不清楚是怎麼回事。即使我問他：「我做錯了什麼嗎？」他也只是不悅地搖搖頭說：「沒有啊。」這種情況持續了一個月，我終於忍無可忍，很情緒化地採取了最糟糕的處理方式，用責備的語氣問他：「你是不是對我感到膩了？」他也不甘示弱地對我大吼：「妳要這麼想，我也沒辦法！」但他在說話前眼神飄了一下。我想自己猜對了。

禍不單行。在和他分手不到一個月的某天晚上，我在下班之後和同事一起吃完飯後，搭了末班車回家。我當時還沒有走出失戀的打擊，所以走在路上時也失魂落魄，結果在杉並的住宅區內，差一點被擄上車子。

當我走進沒什麼路燈的小路，經過停在路旁的一輛廂型車時，滑門突然打開，車上有兩個男人。其中一個男人跳下車，從後方捂住了我的嘴，車上的另一個人抓住我的手臂。我無法發出叫聲，正在掙扎時，有一對慢跑的夫婦剛好經過，那位先生大叫起來。如果不是那對夫婦及時出現，後果不堪設想。

那兩個男人開車逃逸，我當場癱坐在地上。那對夫婦為我報了警。幾個月後，接獲刑警通知，逮捕了用相同手法持續犯案的兩人組，兩名歹徒矢口否認曾經襲擊我，但刑警認為應該就是他們所為。

我完全不記得那兩個男人的長相。雖然刑警當時再三問我那兩個人的身材和長相，但我完全答不上來。因為事發突然，前後維持了不到十秒鐘，而且我當時拚命掙扎，當然不可能看清楚他們的長相。

我只記得捂住我嘴巴的那個男人手上的菸味。我一次又一次洗臉，但仍然覺得洗不掉菸臭味，連續好幾天都想嘔吐。除此以外，我還記得那個抓住我手臂，想要把我拉上車的男人布滿血絲的眼睛。至今回想起那雙充滿獸欲的雙眼，仍然會顫抖不已。

連續發生的這兩件事，讓我覺得看透了男人。男人都很衝動，有時候甚至會做出卑劣的暴力行為，但同時也會莫名其妙地感到厭倦。當我發現男人身上有這種我難以掌控的要素時，不由得心生恐懼。這也是我之後經歷了差不多十多年感情空窗期的最大原因。

打開家門，聞到了燉菜的味道。我媽從廚房探頭看向走廊說：「妳回來了，今天很早嘛。」我回答說：「今天有點不舒服，可能感冒了。」然後去盥洗室洗了手，直接去了二樓自己的房間。

只要我這麼說，我媽就暫時不會來吵我。我把大衣丟在床上，然後在大衣旁躺了下來。

我們家只是小康的平凡家庭。爸爸沉默寡言，媽媽是勞碌命。我有一個比我小三歲的弟弟，目前被公司派到曼谷，帶著全家住在那裡。我們家的人說話向來不會直截了當，尤其在我三十多歲之後，我媽對我說話就很小心。

我也很瞭解父母的心情。因為弟弟已經有兩個孩子，所以對他們來說，抱孫子這件事可能已經如了願，但女兒還沒有結婚，就覺得死也放不下心。我曾經想過，乾脆去婚友社，隨便找一個人結婚，至少可以讓父母安心——

當我醒來時，發現身上蓋著被子，大衣也掛在衣架。我看了床頭的時鐘，已經晚上十點二十分了。我睡了四個小時。媽媽寫的字條放在我從中學時就開始使用的書桌上。

〈餐桌上有飯糰，冰箱裡有燉菜，妳可以加熱後吃。〉

我流下了眼淚。

不，我錯了，我不能把責任推卸到父母身上。我在欺騙自己，不能說是為了父母想結婚。

我感到寂寞。我想再一次愛人，也希望有人愛我。

我啜泣著拿起了手機，打開推特，看到了奧平在推特上新的發文。

〈#首都圈雪花結晶 目前預估下週後半週，高空除了有寒流以外，南海上具備了容易產生低氣壓的條件！關東地區可望迎接今年冬天的第一場雪。請各位做好攝影的準備！〉

我為什麼會喜歡這個人？為什麼會喜歡這個只見過兩次，還不很瞭解的人？

我的眼前浮現了奧平笑的時候有魚尾紋的臉。

無論相處的哪一個瞬間，他的眼睛都不會讓我心生恐懼。是因為他有科學的素養，所以可能比其他人更懂得自我克制嗎？不，當然不是這樣，但他應該不會受欲望的擺布，他能夠用理智控制，和他在一起，無論幾年、幾十年，彼此應該都能夠相互體諒，和睦相處——

我有這種感覺。

我想要向他說出內心的感受。雖然我可以預見結果，但無所謂了。如果現在逃避，我再也無法繼續向前走。

他在十分鐘前發了那篇文，現在傳訊息給他，他或許會馬上回答我。我深呼吸後，傳了訊息給他。

〈今天很謝謝你，你已經開完會了嗎？〉

不出一分鐘，就收到了他回傳的訊息。

〈對，大家一起吃完飯，現在正在搭筑波快車回家。我問了預報員，聖誕節可能會下雪。〉

〈我剛才看了你的推特，好像是這樣。我想在聖誕節之前把傘還給你。〉

〈為什麼？〉

〈因為放在我這裡，讓我很痛苦。〉

沒有反應。我遲疑著，輸入了〈我想〉這兩個字，猶豫要不要刪除後，決定不刪除，繼續寫下去。

〈我想，我喜歡上你了。〉

發出訊息後，等了兩、三分鐘。

〈對不起，我那天不應該去聚餐。因為岸本盛情邀請，所以我就去了。當時應該拒絕。〉

〈是因為你現在不想結婚嗎？〉

〈不是現在不想結婚，是以後也不會結婚。〉

〈為什麼？該不會至今仍然無法忘記高中時曾經喜歡的那個人？〉

〈當然不是這個原因，但是，〉

然後就沒了下文。我等待片刻，仍然沒有等到後續的訊息，於是等不及問他。

〈但是什麼？〉

又沉默了兩分鐘後，才收到他的訊息。

〈我想我這麼說，妳應該就可以瞭解一切了。我讀的高中是男校。〉

＊＊＊

夜晚八點半的北之丸公園內，和街上張燈結綵的聖誕節熱鬧景象無緣。

只有帶狗散步的人偶爾經過，完全不見情侶的身影。據說有一個搖滾樂團正在旁邊的日本武道館舉辦演唱會，但即使演唱會結束，觀眾也不會來這裡。

奧平和我一起坐在面對草皮的涼亭長椅上，身體縮成一團。雖然戴上了毛線帽、手套，穿上了雪靴全副武裝，但帶著溼度的冷風仍然刺骨。

「喔，東京都內也有地方下雪了。」

奧平用手機看著推特說。我把暖暖包放在臉頰上，探頭看著他的手機。

「這裡也快了吧。話說回來，今晚這麼冷，沒想到大家還這麼熱烈參與。」

「我們哪有資格說別人？」奧平笑著說，「難得的聖誕節，既沒有炸雞，也沒有蛋糕，在這裡渾身發抖地等下雪。」

今天的天氣就如之前的預報，南方產生了低氣壓。姑且不論會不會積雪，今晚關東地區的太平洋沿岸有機會下雪。早上的資訊節目中，主播和氣象預報員都興奮地說著東京也有機會迎接白色聖誕節。

這一個星期以來，我和奧平持續互傳訊息，但都只是簡短的訊息，也沒有深入聊什麼內容。在閒聊中慢慢說出了彼此的想法。我的心情比想像中更快平復。如果奧平愛的不是同性，也許我不會這麼快平靜。雖然我知道這麼說很奇怪，但這也讓我意識到，原來我內心還是一個女人。

奧平邀我一起拍攝雪花的結晶，地點也由他指定。離氣象廳不遠的北之丸公園是東京氣象的觀測點，據說稱為「觀測坪」，放置了溫度計和雨量儀等觀測儀器。奧平沒有挑選舒適的場所或是有氣氛的地點，而是純粹基於科學的理由挑選這裡，感覺很像是他的作風。

下班之後，我們六點半約在九段下的家庭餐廳見面，在那裡坐了一會兒。三十分鐘前接獲消息，神奈川下起了雨夾雪，所以我們就來這個涼亭等下雪。

「你平時都怎麼過聖誕節？」我問他。

「就和平時一樣，尤其這幾年。妳呢？」

「我也一樣，最多只是吃我媽買回來的蛋糕。」我苦笑著說，「現在甚至不覺得這樣很寂寞，也不會出門。」

「我老家在橫濱，以前住在那裡的時候，聖誕節就會去海港走走，我喜歡走在點了燈的運河沿岸。」

「是喔，那一定很漂亮。」我想像著那片景象問道，「你在橫濱住到幾歲？」

「我在大學三年級的時候搬來這裡一個人住——所以是二十歲的時候。」

奧平雙手捧著已經冷掉的罐裝咖啡，視線看向遠方。

「我不是曾經告訴妳，我以前是氣象少年嗎？」

「對，你說把陽台當成氣象台，然後在那裡畫天氣圖。」

「曾經有一段時間，我遠離了氣象，差不多就是進高中到二十歲的時候。」

「那時候發生了什麼事？啊，是不是參加了運動社團？」

「不，我在高中時遇到了他。」

「——喔喔……」

「妳有類似的經驗嗎？」奧平用無憂無慮的聲音問，「在情竇初開，有了喜歡的對象之後，之前熱中的一切都變得不再重要，而且突然覺得那些東西很幼稚。」

「我瞭解。」我也露出了微笑。

「我當時就是那種情況，但是——」奧平微微垂下雙眼，「我當時很痛苦，為自己的——欲望感到痛苦不已，完全不知道該向何處宣洩。」

「——是。」我只能小聲回答。

奧平也許有點在意，用更開朗的聲音繼續說道。

「當時真的整天悶悶不樂，根本沒有心思玩什麼氣象。」

「你和他是好朋友嗎？」

「對，我和他，還有另外兩個人經常玩在一起，但高二那一年夏天，他交了女朋友。那個讀附近一所女子高中的女生真的很漂亮，他們是人人羨慕的俊男美女組合。」

「——這樣啊。」

「差不多是那個時候，生物老師在課堂上說，『靠昆蟲媒介花粉的被子植物，花朵比其他所有器官更加顯著地表現了遺傳的多樣性』——」

「呃……」

「這句話太艱澀了，簡單地說，植物為了吸引昆蟲為自己傳授花粉逐漸進化，綻放出五彩繽紛的美麗花朵。」

「喔，原來是這個意思。」

「十七歲的我聽了老師的話，覺得到頭來，所謂的美麗根本是欺騙。無論是美麗的花朵、漂亮的鳥、俊男美女，都只是為了生殖而變得美麗。不是經常有人說，美女只是在遺傳上生存機率比較高的平均長相嗎？也就是說，我們只是對那些有效地留下自己基因的有利對象，覺得他們漂亮而已。美麗的感覺就像是一種錯覺，只是一種權宜──」

這時，奧平伸長脖子，抬頭看著天空，確認既沒有下雪，也沒有下雨夾雪後，又繼續說了下去。

「之後，我看到美麗的事物也不再覺得美麗，反而覺得是自私自利所呈現的骯髒。即使我是絕世的美男子，在傳宗接代這件事上也沒有任何意義，也就是說，生殖原理根本與我無關，所以我有權利不承認美麗的事物很美麗──雖然當時已經讀高二了，但仍然無法擺脫中二病，現在回想起來，覺得自己太無腦了。」

「我並不覺得你無腦。」非但不會無腦，相反地，我很想緊緊擁抱十七歲的他。

「即使這麼安慰自己，也無法擺脫痛苦。我和他都考上了東京的大學，所以仍然繼續當朋友。我不會忘記一九九九年的除夕，整個日本不是都陷入歡騰嗎？」

「是啊，好懷念。」

「我們高中時代的那四個同學決定一起去參加橫濱港的倒數計時。當我去了約定的地點，發現他帶了一個新的女朋友。他說是在打工的地方認識的，對方比他大一歲，也是令人眼睛為之一亮的美女。他們摟在一起走在前面，我走在後面看著他們，然後在內心決定，以後再也不和他見面了。」奧平看著我，用開玩笑的語氣說：「剛好告一段落。」

「因為是千禧年啊。」我也這麼對他說。

「於是我就在人群中悄悄離開了，假裝和他們走失了。那天之後，我就再也沒有和他聯絡。雖然覺得有點對不起他，但還是單方面斷絕了關係。」

「你該不會也是因為這個原因，獨自搬來東京——」

「是啊，因為想要重新開始。雖然我不知道他目前在哪裡，只是聽朋友說，他已經結婚了。」

「——原來是這樣。」

「再說回剛才的話題——」

奧平站了起來，走到涼亭外一步。

「在千禧年的前夜，我不告而別，離開了其他人之後，我也不想回家，就獨自在橫濱的街頭徘徊，但紅磚倉庫和山下公園當然都人滿為患，我走向山手方向，走進一個小型兒童公園。公園裡有大象的裝飾長椅，我失魂落魄地坐在那裡。我當時應該沒有哭。」

「哭也沒關係啊。」

「如果是現在，應該可以哭得出來。」奧平眼尾擠出了魚尾紋，又繼續說了下去，「我在那裡坐了一會兒之後，天空飄著雪。我事後調查才發現，那天的氣壓分布屬於很強的冬季型態，西北風和從東北方向吹來的風在東京灣一帶相遇，輻合區出現了雪雲——這種事不重要。」

我笑著點了點頭，催促他說下去。

「那一天，我穿的是和今天一樣的深藍色大衣，雪花結晶不斷落在我的袖子上，有許多漂亮的，真的是很漂亮的樹枝狀六花。看著那些形狀漂亮的結晶漸漸融化，我突然發現了一件事。其實不能說是發現——而是想起來了。」

「想起來了？」

「就是我原本就知道的事。雪花的結晶在雲中只經過物理過程形成的，沒有任何意圖，只是因為偶然，形成了完美的立體或是幾何圖案，和性、欲望和基因都沒有任何關係，但無論誰看到雪花的結晶，都覺得那是貨真價實的美。我從小就知道了這件事。」

我感到一陣難過，說不出話，吞了口水，好不容易才擠出一句話。

「——沒錯。」

對，沒錯。在這個世界上，並不是只有花、鳥和人才美麗，雪花的結晶是雲和天空展現出稍縱即逝、無機質的美，甚至並沒有刻意展現，只是存在於那裡，純潔而又虛幻的美。

我也很瞭解這件事，明明瞭解——

「因為回想起這件事，我又重新成為氣象少年。不，那時候已經不是少年了，而是如假包換的氣象宅男。」

我和瞇起眼睛的奧平互看了一眼，忍不住感到一陣鼻酸。

他根本不是能夠輕易控制欲望的人，他比任何人更深受欲望的折磨。他在憎恨美麗事物的同時，還能夠發現美麗的事物。我再次深刻體會到，他果然是一個出色的人。

「啊。」奧平叫了一聲，然後又走了兩、三步，抬頭看著天空，張開雙手。

「下了。」

「真的嗎？」我也慌忙站起來，走到草地上。

白色的東西從天空中飄落。那不是雨夾雪，而是真正的雪。當我仰起頭時，冰冷的雪在我臉頰上融化。

雪越下越大，我們走回長椅拿手機和折傘，走到路燈附近開始拍攝。

首先用手機的相機觀察附著在張開雨傘上的雪。我在手機上裝了微距鏡頭。雖然是在一百圓商店買的便宜貨，但變焦效果很好，將鏡頭貼近結晶，可以清楚看到細節的結構。

當我調整鏡頭的位置，看到了漂亮的六花。

「這是樹枝狀六花吧？」我問在一旁探頭張望的奧平。

「是啊，結晶周圍不是附著了一些模糊的東西嗎？那是雲凝結核，有沒有雲凝結核也是重要的資訊。」

隔著鏡頭看到的樹枝狀六花從雲凝結核開始融化，在雲凝結核消失的同時，白色的結晶也漸漸變得透明，結晶變成了幾乎完美的六花，但只有短暫的瞬間，六根樹枝轉眼之間就變短，變成了形狀不規則的結晶，最後變成了水滴。

我熱中地尋找結晶，拍下結晶的身影。也許因為是外行人的關係，我都只注意到六花。除了樹枝狀以外，還看到了像是廣幅六花和十二花，但始終沒有發現只有六根針的簡單六花——星六花。

我問正在拍旁邊那把傘的奧平：

「有星六花嗎？」

「嗯，還沒看到。」奧平在持續觀察的同時回答。

「是嗎……今天的雲沒辦法形成星六花嗎？」

「先別管星六花，妳看看這個，這是附有角板的花板。」

「我無論如何都想拍星六花的照片，這是我今天最重要的目的。」

「妳要用來作為手機的待機畫面嗎？」

「對。當然也會上傳到活動頁面。」

在和他聊這些話時，我想起一件事。「對了，我要向你承認一件事。」

「啊？什麼事？」奧平抬起頭。

「其實我並沒有氣象宅女的素質，之前說我在蒐集雲和天空的照片也是騙你的，只是為了吸引你。」

「原來是這樣啊。」

「但我一定要找到星六花，因為那是我的結晶。」

「呃，這個活動的目的是蒐集資料，」奧平露出無奈的表情，「原本的宗旨並不是刻意尋找，而是拍下看到的雪花。」

「忠言果然逆耳，聽起來好像在說結婚對象。」

我看著放聲大笑的奧平，忍不住想。

很慶幸認識了他。

我現在的笑發自內心。

尋找菊石的方法

鏘鏘鏘，鏘鏘鏘。

隨著漸漸靠近，聲音越來越大聲。那是用鐵鎚在敲硬物的聲音。

現在已經可以清楚知道，是在流經左側山谷的那條河——更往上游的方向。

很不好走的獸徑被一棵魚鱗雲杉擋住了去路，低頭看向靠山谷的斜坡，發現泥土顏色很深，而且凹了下去，向下方延伸。也許是發出敲打聲的主人留下的腳印。

朋樹重新戴好藍色帽子，小心翼翼地踩下第一步。潮溼的泥土中混著落葉，踩下去感覺很軟，但至少不會滑下去。

他扶著眼前的樹幹時，頭頂上的蟬吱吱地叫了起來，然後飛走了。東京沒見過這種種類的蟬，但他不知道名字。他抓著茂密的樹木，沿著大約四、五公尺高的陡坡緩緩往下走。

當他順利來到河灘時，拍了拍白色帆布鞋上的泥土，看到左腳後跟沾到的泥漬，忍不住咂著嘴。這雙 Converse 帆布鞋才剛買不久——

他調整了心情，走向上游的方向。堆積了大小不一石頭的河灘整體看起來是灰白的感覺，並沒有必須繞過的巨大岩石。

河面的寬度大約十公尺左右，清澈的河水流速很緩慢，即使是河中央也很淺，可以清楚看到河底的石頭。

鏘鏘鏘。清脆的聲音在山谷中產生了回音，震動了朋樹的耳膜。聲音來自河對岸，感覺已經近在眼前了，但對岸的斜坡有一片向河面延伸的峭壁，所以看不到前面的狀況。

他繼續往前走，在峭壁後方的河灘上終於看見了人影。一個男人背對著他蹲在那裡，右手揮著鐵鎚，正在敲打腳下的石頭。男人在長袖襯衫外穿了一件有很多口袋，好像釣客穿的那種背心，卡其色帽子下露出的脖頸很白。沒錯，他就是姓戶川的爺爺——

他在對岸張望。不一會兒，戶川停下了手。他喘了一口氣，準備伸展身體時，終於發現了朋樹。他眼鏡後方的雙眼露出了納悶的眼神，然後又低頭繼續作業。

戶川又持續敲打了石頭幾分鐘，放下了鐵鎚，緩緩站起來，伸手拿起放在地上的水壺。他喝水潤喉時看著朋樹，默默指了指河面。朋樹察覺了他的意思。河水很淺，如果想看就過來吧。

朋樹下定了決心。他脫下帆布鞋，把襪子塞進鞋子，兩手各拿了一隻鞋子拎在手上。他用腳尖稍微碰了一下水，立刻驚訝地縮了回來。水比他想像中更冷。

他鼓起勇氣，把腳踝以下都伸進河水，然後嘩啦嘩啦走了起來。即使走了一半，水面也只到膝蓋以下。雖然踩在黏滑的石頭上腳底很容易打滑，但他走到對岸都沒有滑倒，只有短褲的褲腳有點溼。

戶川沒有看他過河，就再度揮起鐵鎚。他正在敲打一塊比橄欖球稍微小一號的石頭。朋樹光著腳走到他身旁，在距離還有兩公尺左右時，戶川轉頭看著他。

「不要再過來了。」戶川舉起左手低聲命令，「碎片會濺到你。」

朋樹站在原地。戶川又揮了幾次鐵鎚，發出了沉悶的聲音。石頭裂開了。朋樹伸長脖子，戶川讓他看石頭內部。深色的斷面有螺旋狀的隆起，像是巨大蝸牛殼般熟悉的東西——

「滿德爾菊石——」戶川好像在唸咒語般說道，用戴著棉紗手套的手搓著皺襞部分。

「這是菊石吧？」朋樹前進了幾步說。

戶川把眼鏡往下拉，收起下巴，抬眼看著朋樹。朋樹忍不住隔著帽子按住了後腦勺。

戶川下巴很寬的四方臉上有兩道很粗的白眉，眼尾有很深的皺紋。朋樹猜想他的年紀應該和自己的爺爺差不多。背心的胸前插了兩支三色原子筆，下面的口袋裡露出了綠色小筆記本。

「你看起來不像是這附近的孩子。」戶川說話時沒有笑容。

「我不住在這附近。」

「是城市的小孩吧？札幌嗎？」

「東京。」

「從那種地方來的孩子竟然知道菊石。」

「當然知道菊石啊，那是中生代的指標化石。」

「喔，你喜歡這種化石嗎？」

「也沒有，但考試可能會考到。」他指的是考中學的考試。為了應付自然科的考試，必須瞭解地層和化石最低限度的知識。

「考試嗎？」戶川小聲嘀咕著，把化石放在他手上。化石比他想像中更重，雖然連細部都很有立體感，但渦卷的部分少了三分之一。

「既然這樣，那我問你，」戶川指著朋樹手上的化石問：「菊石是什麼？」

「是什麼？是海洋生物啊，就像貝類一樣。」

「貝類嗎？那牠們生活在海洋的哪個區域，以什麼為食？」

「呃，那我就不知道了，考試不考這些。」

戶川哼了一聲說：「這也算『知道』嗎？指標化石這種名稱，對菊石來說根本無關緊要。」

「嗯，也許是這樣啦。」一開口就說教嗎？——朋樹露出掃興的表情回答。

「你為了這種考試也不會考的事來這裡嗎？」

「我剛才去這裡的博物館，剛好在參觀菊石的化石，結果遇到打掃的阿姨，她告訴說，如果想自己採集化石，可以去優賀羅河那裡。從三澤橋那裡往上游的方向走，就可以看到戶川爺爺在那裡採集化石。」

「原來是良枝啊……」戶川吐了一口氣，繼續說了下去，「既然你去了博物館，為什麼沒有看到？不是有一塊牌子上寫了菊石的生態嗎？」

「喔，我沒看。」

那個小博物館內只有菊石而已。因為小學生以下免費，所以他就走進去看了一下。展示室內沒有人，他還沒有轉完一圈，就覺得很無聊，正打算轉身離開，一個戴著橡膠手套，拎著水桶的女人叫住了他。

他以前聽媽媽提過，優賀羅河是一條漂亮的河，於是他回到外公家，借了放在小倉庫裡的舊腳踏車，看著手機上的地圖騎了二十分鐘左右到了三澤橋。他只是想散散心，如果看到優賀羅河，那裡什麼都沒有，就打算再騎回去。

當他來到三澤橋，在橋上打量河流時，聽到上游方向傳來隱約的聲音。就是剛才一路聽到的鏘鏘鏘聲音。想到可能是有人採集化石的聲音，就想看看到底是怎麼回事。他從橋頭走入狹窄的山路，一路走到這裡。可以說他是出於好奇心，但也是為了打發時間。

「所以你現在想怎麼樣？」戶川拿起眼鏡，「想不想採集看看？」

「嗯……可以試試啊，反正也沒其他事。」

「對城市的孩子來說，這裡很無聊。」

「說白了，就是這樣。」

朋樹聳了聳肩回答，忍不住在心裡抱怨那個叫什麼良枝的阿姨。阿姨，妳也太不會挑選人了。通常聽妳這麼說，以為會遇到一個親切指導，喜歡小孩子的爺爺——

戶川從背包裡拿出鐵鎚、棉紗手套和整體用塑膠做的，有點像是泳鏡的東西。最先遞給朋樹的鐵鎚是連柄都是金屬的一體成型鐵鎚，有橡皮握把，似乎已經使用了多年，頭部的打擊部分已經磨圓了。到底要敲打多少石頭才會變成這樣——？

「這是化石用的鐵鎚嗎？」朋樹確認鐵鎚的重量，輕輕敲著手掌。

「這是岩石鎚，在敲打石頭時，一定要戴上護目鏡。」戶川戳了戳自己眼鏡的鏡片。

「要先做什麼？」朋樹在戴手套時問。

「先找團塊。」

「團塊？」

「就是這種圓圓的石頭。」戶川撿起剛才被他敲成兩半的石頭的其中一半，摸了摸外側光滑的彎曲面，「正確的名稱是鈣團塊，從幾公分到幾十公分的大小，是碳酸鈣濃縮凝固而成，通常呈球狀或是球面狀，生物的屍體分解時，水中的碳酸鈣在屍體表面沉澱，也會形成團塊。」

「呃……就是裡面可能有化石的意思嗎？就像膠囊一樣？」雖然朋樹聽不懂這些科學的專有名詞，但大致可以想像。

「並不是所有的團塊中都有化石，但團塊中的化石通常保存狀態比較良好。」

「但是……」朋樹打量河灘說道，「這裡全都是圓圓的石頭啊。」

「初級者很難光從外表分辨，這一帶暴露在外的岩石都是蝦夷層群中部的泥岩和砂岩，質地比較軟，只要用鐵鎚敲打，就可以輕易敲破和敲碎。但團塊的密度很高，而且很堅硬，所以要先瞭解敲打團塊時的感覺和聲音。」

朋樹回想起剛才在這裡聽到的聲音，猜想就是要找敲起來會發出鏘鏘鏘聲音的石頭——

戶川指著腳下繼續說：「河灘上也有團塊，但河灘的石頭中有不少是從上游沖下來的火成岩或是變質岩，要特別注意，這種石頭也又圓又光滑，和團塊一樣很堅硬，所以要找埋在峭壁和斜坡上的石頭，或是從掉在峭壁和斜坡旁的石頭，找到的機率會比較高。」

戶川說完這些話，就盤腿坐在石頭上，把剛才的菊石裝進了厚質塑膠袋，用麥克筆寫了數字。寫完之後，打開綠色小筆記本，不知道開始記錄什麼。

啊，這樣就結束了？朋樹感到困惑，無奈之下只好開了口，「呃……？」戶川皺著眉頭看向他，用原子筆的筆尖默默指向峭壁的方向，似乎表示廢話少說，去找就對了。

朋樹手拿鐵鎚走向峭壁。高度兩公尺以下都沒有任何植被，露出了分不清是岩石還是泥土的地層，應該是河流的水位較高時沖走了。

朋樹看向正下方的地面，撿起一塊像壘球大小的石頭。他只是挑選了看起來比較圓的石頭，然後放在平坦的地方。這時，背後傳來戶川的聲音，「喂，你是不是忘了什麼？」

護目鏡。他慌忙走回去，拿了護目鏡後走回峭壁，確認戶川並沒有看自己後拿下帽子，迅速戴上護目鏡，然後又把帽子戴了起來。

他跪在剛才那塊圓形石頭前，握住鐵鎚握把的前端。他以前當然沒有敲破石頭的經驗，敲打釘子的經驗也只有兩、三次而已，他不知道該用多大的力氣。

他先是輕輕敲了一下，發出了「砰」的聲音。雖然石頭表面凹了下去，但並沒有敲裂。他把鐵鎚舉到頭頂，用力敲了下去。這次終於敲裂了。正確地說，是敲碎了。他撿起小碎石，棉紗手套的指尖沾到了棕色的粉末。

「那是泥岩。」戶川在說話時仍然低著頭寫筆記，「不是團塊。」

「……我想也是。」朋樹故作平靜，拍掉手上的粉末，「因為聲音聽起來就不一樣。」

「泥岩是淤積在海底的淤泥凝固而成的。」

「我知道。」我曾經在補習班讀過，那是一種沉積岩。

朋樹又移動了幾公尺，又撿起另一塊石頭，和剛才那顆差不多大，但比較扁平。朋樹把石頭放在地上，舉起鐵鎚敲了下去。這次聽到了「叩」的聲音。他漸漸用力，敲了五、六次，石頭從正中央裂開，露出了有點粗糙的斷面。

「那是砂岩。」戶川盤腿坐在那裡說，「也是沉積岩，但比泥岩的顆粒更粗。」

「……是啊。」

既然知道不是團塊，為什麼不在我敲破之前就告訴我——朋樹忍住了抱怨，把石頭用力丟了出去。

朋樹有點心灰意冷地隨便撿起圓形的石頭就敲，只要敲一次後聽到沉悶的聲音，就馬上再找下一顆。只有聽到清脆的聲音時，才會一直敲破為止。

他花了三十分鐘左右，敲破了八塊石頭，就連他也知道，這八塊石頭都不是團塊，當然也沒有發現化石。

這裡的烈日、酷暑都和東京的八月很不一樣，但不停地活動時，汗水還是流入了護目鏡。他把護目鏡拉到脖子，用T恤的袖子擦臉上的汗水時，聽到身旁響起戶川的聲音。「情況怎麼樣？」戶川不知道什麼時候站在朋樹的身後。

「都沒中。」

「都沒中啊。」

戶川拿起自己的鐵鎚走向峭壁。他用打擊部分的相反側，也就是像尖嘴的部分打向腰部的高度。鐵鎚前端打進了峭壁，表面被敲了下來。

「可以像這樣沿著這個高度敲下來。」

朋樹站在離戶川有一小段距離的地方，像戶川一樣，用尖嘴部分敲向峭壁。敲起來的感覺像是半乾的黏土，他用尖嘴部分繼續叩叩叩地敲打，塊狀的岩石掉落下來。他像戶川一樣淺淺地敲下岩石，繼續橫向擴大區域。

兩個人站在一起敲了一會兒，朋樹的鐵鎚前端敲到了堅硬的東西，峭壁表面掉落了一大塊，裡面出現了圓形的石頭。

「可能是團塊，你挖出來看看。」戶川在旁邊說。

朋樹繼續敲著周圍的黏土，然後用鐵鎚尖把石頭挖了出來。那塊石頭拿在手上很沉重，和朋樹帶去補習班的便當盒差不多大，只是沒有稜角而已。

他把石頭放在地上輕輕敲打，發出了「鏘」的聲音，鐵鎚同時彈了回來。這是之前不曾有過的感覺。他抬頭看著戶川，戶川對他點了點頭。果然是團塊。

朋樹立刻渾身是勁，重新握好握把，用力敲打起來。五次、六次、七次。石頭文風不動。鐵鎚每次彈回來時，手就感到一陣發麻。

「好痛！」

他的鐵鎚敲到了按住石頭的左手食指。雖然只是指腹被夾到一下，但拿下棉紗手套，發現出現了一個血泡。可惡——他帶著報復的心情，把鐵鎚揮得更高。

不知道持續敲了幾分鐘，他對著石頭表面越來越深的裂痕持續敲打，突然發現聲音變了。成功了嗎？他最後用力一敲，石頭終於裂成了三塊。

他把鐵鎚往旁邊一丟，抓起最大的碎片，定睛看著斷面。表面附近的顏色接近白色，中心部分是灰色，富有光澤的細緻質感明顯和其他石頭不一樣，但也就僅此而已，三塊碎片中都沒有看到像是化石般的異物。

「太可惜了。」戶川在朋樹旁邊蹲了下來，一臉事不關己的表情說，「這才叫沒中。」

「害我還受了傷……真衰。」朋樹覺得食指痛了起來。

「今天就到此為止。」

「啊——」

「快下雨了。」

朋樹抬頭看向天空，這才發現太陽已經躲了起來。

「想來的時候，隨時都可以過來，」戶川說，「反正我明天、後天也都會在這裡。」

黑壓壓的雲從北方的天空逼近，籠罩了整座山。

朋樹騎著腳踏車一路飛奔，但並沒有去外公家，而是前往位在遠離城鎮中心的博物館。現在才四點半剛過，即使五點閉館，也還來得及。

雨水滴滴答答地打在額頭上，如果不直接回家，可能會遇上傾盆大雨，但他覺得即使渾身被淋得溼透也沒關係。

騎到通往車站前那條兩線道的馬路時，兩側出現了零星的建築物，幾乎都是無人居住的空屋或是空店舖，人行道上也沒有人。他第一次看到這片宛如鬼城的景象時忍不住感到恐懼。來這裡已經一個星期，朋樹現在已經知道，即使這個城鎮人口過疏，人們也照樣過著日常生活。

他在中途右轉，站起來用力踩上小山丘。轉了兩個彎道後，看到博物館出現在前方。那是一棟箱型兩層樓建築，黯淡的乳白色外牆顯然已經多年沒有重新刷油漆了，如果沒有掛上「富美別町立自然博物館」的招牌，看起來就像是公民會館。

他把腳踏車停在玄關的屋簷下，玻璃門打開了。就是剛才那個叫良枝的女人。不知道她是否準備下班回家了，手上拎了一個小布包。

「啊呀，你不就是剛才的……？」

「妳好。」

「你去了優賀羅河嗎？」

「對，去過了。」

「有沒有見到戶川館長？」

「館長？」朋樹忍不住驚訝地反問，「他是這裡的館長嗎？」

「啊，以前是，他是前館長。」良枝瞥了一眼建築物後，吐了吐舌頭說，「在我心目中，只有戶川館長才是這裡的館長。」

原來是這樣——難怪他的態度看起來像學者，但朋樹同時感到納悶，像他那麼冷若冰霜的人，竟然能夠勝任這個向一般民眾開放的博物館館長。

「雖然有許多風言風語。」

「這是——」朋樹還來不及問她這句話是什麼意思，她就搶先問道：

「有沒有採集到化石？」

「沒有。」

「啊呀呀，那真是對不起啊，我不應該隨便推薦。」良枝一臉歉意地垂著兩道眉毛，「現在可能越來越難了……」

良枝自言自語般說著，朋樹向她點了點頭，走進博物館。

櫃檯沒有人，可能去忙閉館作業了。展示室內仍然靜悄悄，朋樹瞥了一眼放在玻璃展示櫃內的菊石標本，走向牆邊那排老舊的牌子。

〈菊石之鄉　富美別〉、〈優賀羅河與蝦夷層群〉、〈富美別產出的菊石化石〉等標題下方寫了解說的內容，還附上了褪色的照片。

他在〈菊石是什麼？〉的那塊牌子前停下腳步，看到第一句話，就忍不住發出了「啊？」的驚叫聲。

〈菊石經常被誤認為和蠑螺等捲貝屬於同類，但在分類學上，是魷魚和章魚的同類——〉

＊＊＊

富美別町是位在三笠市和夕張市之間的小城鎮。

朋樹之前曾經聽補習班老師提過，這一帶以前是很繁榮的煤礦，也聽說夕張目前陷入了財政破產的狀態，但補習班老師還說，要記住的不是這種事，而是澳洲是日本最大的煤炭進口國，其次是印尼。

富美別沒有工作機會，人口大幅減少。朋樹的媽媽在這裡出生、長大，當初應該也毫不猶豫地離開了這裡。在東京讀完大學之後，就進入東京的食品公司任職，嫁給了在神奈川出生的爸爸，現在媽媽仍然在公司上班，目前和朋樹一起住在豐洲的高樓公寓，一副好像原本就是東京人的樣子。

媽媽至少隔年會回娘家探親一次，但朋樹已經有三年半沒有來富美別了。上一次還是小學二年級時的新年，跟著爸爸、媽媽一起來這裡，他清楚記得外公還在鎮上的滑雪場教他滑雪。

外婆把一個大餐盤放在餐桌正中央，餐盤內裝了滿滿的炸雞塊。

「不知道炸雞塊怎麼樣？」外婆窺視著朋樹的表情說，「你上次來的時候吃得津津有味，現在也很喜歡吧？」

「嗯，對啊，喜歡啊。」

「那就多吃點。」

並不是喜歡的食物就吃得下——他會這樣嗆媽媽，但當然不會對很少見面的外婆說這種話。朋樹目前是以「讀書太累，需要靜養一陣子」的名義住在這裡。外婆看到外孫來到空氣涼爽的北海道仍然食欲不佳，一定感到很擔心。

朋樹小口吃著炸雞塊，泡完澡的外公只穿了一件背心走了進來。外公從鎮公所退休之後，向朋友借了土地，每天都下田工作，廚房籃子裡的番茄和玉米都是外公自己種的。

「喔，炸雞塊嗎？」外公從冰箱裡拿出一瓶啤酒後，在餐桌旁坐了下來，看到朋樹仍然戴著帽子，皺起眉頭說：

「我不知道你有多喜歡這頂帽子，回到家裡要不要拿下來？」

「沒關係，我想戴著。」朋樹回答時沒有看外公。

外公一臉陰沉地把啤酒倒進杯子，一口氣就喝完了。他心滿意足地吐了一口氣，露出柔和的表情問：「你今天去了哪裡？」

這是外公每天晚餐前必問的問題，有時候一整天都在玩手機遊戲，就有點難以啟齒。

「我去了博物館。」今天有可以實話實說的事，所以很輕鬆。

「你去了那個嗎？那棟房子雖然很老舊，但菊石很漂亮。」外公倒第二杯啤酒時說。

「是啊，結果聽了在那裡打掃的阿姨建議，去採集化石。」

「採集化石？一個人嗎？」

「不是，在優賀羅河那裡有一個姓戸川的爺爺教我。」

「戸川？」外公皺起眉頭，「那個戸川嗎？」

「那個人——」外婆把大家的味噌湯放在桌上時問：「是不是臉方方的，戴著眼鏡的爺爺？」

「對，聽說他以前是博物館的館長，你們認識他嗎？」

「不是認識而已，對不對？」外婆和外公相互看了一眼，兩個人都露出了難以形容的表情。

「朋樹，你有沒有說自己的名字？」外公放下杯子問我。

「好像沒說。」

「即使說了，對方也不會知道。」外婆在一旁插嘴說，「因為和我們不同姓。」

「所以你有提到我嗎？」外公指著自己的臉。

「怎麼可能？」朋樹煩躁地放下筷子，「怎麼了？那個人怎麼了嗎？」

外公注視著朋樹的臉，深深地嘆了一口氣。

「朋樹，你別再去採集化石了。」外公的話聽起來不像是命令，更像在懇求。

「為什麼？那個姓戶川的爺爺是危險人物嗎？」

「不是。」外公喝了一口啤酒，「說來話長。」

「是喔。」朋樹冷冷地應了一聲，「又是大人的事嗎？」

「對了，小朋，你明天要不要去外公的田裡幫忙？」外婆硬是轉移了話題，「偶爾去一下很好玩，而且也可以幫助消化。」

「如果你要騎腳踏車出門，也可以去優賀羅湖啊。」外公也這麼說，「有一條漂亮的腳踏車道。」

朋樹這次來富美別的當天，就去了離這裡車程大約十分鐘左右的優賀羅湖。外公開車去新千歲機場接他時，在回家之前先去了那裡。也許當地政府希望將那裡發展為觀光景點，所以在湖畔建了公園和露營場，但幾乎看不到人影。

朋樹不置可否地應了一聲，喝了味噌湯，把炸雞塊吞了下去。

晚上九點整，朋樹心不在焉地和外公、外婆一起看電視時，手機震動起來。這是媽媽的定時聯絡，他接起電話走上二樓，走進了目前暫時成為他房間的和室。

「今天還好嗎？晚餐吃什麼？吃得下嗎？」媽媽一口氣問了好幾個問題。

「吃了晚餐啊，吃了兩塊炸雞塊和半碗飯，還有味噌湯。」

「是嗎？比上不足，比下有餘，但是——你的聲音聽起來好像沒什麼精神？」

「嗯……因為我在想事情。」

「想家了？」

「才不是呢！妳沒問題吧？已經一個星期了。」

「是啊，媽媽可能比較有問題，覺得孤單寂寞。」媽媽輕輕地笑了笑，又繼續說了下去，「所以，你在想什麼事情？」

「不是什麼重要的事。」朋樹在回答後，突然想到可以問媽媽，「媽媽，妳認識一個姓戶川的人嗎？他以前是這裡博物館的館長。」

「戶川？不認識，他怎麼了？」

朋樹把今天發生的事告訴了媽媽。媽媽可能發現獨生子在老家漸漸恢復了活力，誇張地表現出讚許的態度附和著。

「外公好像認識那個姓戶川的人。」朋樹最後補充了這一句。

「喔，很有可能啊，因為外公在鎮公所教育委員會的事務局工作了很多年，除了學校以外，博物館好像也屬於教育委員會的管轄範圍。」

「——原來是這樣。」

「我告訴你喔，」媽媽得意地說，「我以前也曾經採集到菊石的化石，差不多就是你那個年紀的時候，參加兒童會的活動時採集到的。」

「是喔，所以媽媽也打破了那個很硬的團塊嗎？」

「什麼團塊？」

「就是圓圓的石頭啊，裡面有化石，要用鐵鎚才能敲開。」

「我不記得曾經敲過什麼石頭，只是用鐵鏟挖了峭壁的泥土，然後就挖到了，雖然都很小。」

「是喔，原來還有這種地方。」

媽媽又接著問有沒有洗澡，衣服和內衣褲夠不夠之類一大堆問題，朋樹打斷了她。

「媽媽，我問妳，」他來這裡之後，一直很在意一件事，「補習班有沒有打電話來？」

「……嗯，好像是前天，」媽媽遲疑了一下，「田中老師打電話來問，你會不會去參加暑期輔導最後單元的課程。」

「是八月十八日開始吧？」

「我當然沒有回答，因為要去醫院看了醫生之後，才知道什麼時候回去上課。」

醫院指的是身心科。

朋樹從七月開始就沒有去上補習班。並不是因為他討厭讀書，模擬考試的成績都保持名列前茅，和補習班的老師、同學相處也很愉快。他現在也很想去補習班上課，更覺得必須去上課，只不過每次打算走出家門，就開始肚子痛或是想要嘔吐。不僅如此——

掛上電話後，他脫下了帽子，摸著左側後腦勺，摸到了十圓硬幣大小禿掉的部分。鬼剃頭。雖然媽媽說，被頭髮遮住了，不必太在意，但他不戴帽子就不敢見人。小學已經放暑假了，所以沒有問題，但他絕對不希望被補習班的同學看到。

他去大醫院做了檢查，並沒有發現任何異常，皮膚科開了治療鬼剃頭的藥之後，就把他轉去身心科。醫生說，腸胃不適和鬼剃頭應該都是考試的壓力造成的。朋樹不在的時候，醫生似乎還說，父母分居也可能對他造成了影響。

但是，爸爸在一年之前就搬離了家裡。爸爸工作很忙，即使以前同住在一個屋簷下，非假日時幾乎見不到爸爸。爸爸搬出去之後，每個週末都會和朋樹一起吃飯，所以生活上並沒有太大的改變。

無論是什麼原因，既然是精神壓力造成，能夠採取的對策就有限。在醫生的建議下，決定暫時放下功課，換一個環境生活，於是他沒有帶參考書，獨自來到了富美別。

＊＊＊

朋樹沿著和昨天相同的路線來到河灘，聽到了鏘鏘鏘的聲音。

他的背包裡裝了保特瓶裝水、毛巾、防寒衣和一塊板狀巧克力，他可不希望發生萬一的狀況時，被媒體報導有一個東京的小學生輕忽北海道大自然的威力。

他對外婆說，要騎腳踏車去優賀羅湖。他不惜說謊也要來這裡有兩大原因，原因之一當然是為了再次挑戰。昨天在泡澡的時候，看著左手食指上的血泡，和右手握鐵鎚留下的水泡，再度感到很不甘心，無法忍受沒有採集到一小塊菊石就這樣結束。

另一個原因，是對戸川這個人的好奇。外公為什麼不希望自己接近戸川？聽外公說話的語氣，顯然和戸川之間有什麼糾紛。也許以前兩個人在各自的工作崗位上曾經發生過摩擦。

昨天鑽進被子後，用手機查了博物館的網站。博物館只有館長、策展人和一名約聘的職員——應該就是櫃檯的年輕女生——這三名工作人員，每年會舉辦幾場化石鑑定會或是自然觀察活動，他只查到這些內容，完全沒有看到任何有關戸川的消息。

他又用博物館的名字和「戸川」這兩個關鍵字搜尋，查到了十年前針對鎮上居民舉辦的講座資訊，有戸川當時以館長身分演講時的簡介。〈一九四八年出生於富美別町，北海道大學研究所畢業後，曾經擔任北海道立科學博物館研究員，一九九六年開始擔任現職〉——也就是說，他不到五十歲就辭去了在大博物館的工作，回到故鄉的博物館擔任館長。

朋樹還在意另一件事，那就是良枝說「有很多風言風語」這句話。他以為戸川做了什麼讓這裡的人討厭的事，所以就查了一下，但網路上並沒有發現相關的內容。

其實朋樹完全沒有必要調查戶川的事，只是基於好奇，而且也有點反彈。外公沒有任何說明，就叫他不要接近戶川，這件事讓他難以接受。他對因為「大人的事」要他遠離戶川產生了反彈。

為什麼要分居？你們打算離婚嗎？那監護權歸誰？無論自己問什麼，爸媽都用一句「這是大人的事，以後會告訴你」打發自己。他已經受夠了一直被當成局外人。他已經十二歲，比普通小學生更有知識，也不會幼稚地吵鬧，只要能夠好好向他說明，他能夠瞭解任何事。

比方說，如果和那個大人——戶川聊自己或是父母的事，不知道他會說什麼。自己當然不會隨便亂說話，也討厭別人問東問西，但總覺得那個大人應該會說一些和其他大人不一樣的話。

鏘鏘鏘。聲音就在不遠處，他在峭壁後方看到了戶川的身影。

在和昨天相同的地方挖掘了將近一個小時，仍然沒有找到團塊。

戶川在不遠處的斜坡苦戰，敲破了兩塊團塊，發現了一塊菊石。

戶川即使發現了團塊，也沒有給朋樹。這個老頭也太沒大人的樣子了。戶川完全不在意朋樹，讓朋樹忍不住想要罵他。

他放下鐵鎚，喝著寶特瓶的水。戶川在斜坡前翻開小筆記本寫字，朋樹在後方問他：

「可以打擾一下嗎？」

「什麼事？」戶川頭也不回地說。

「我媽媽說她小時候採集化石時更簡單，而且也不需要敲破團塊。」

「你媽媽是這裡的人嗎？」

「對。」

「以前有好幾個小孩子也可以輕鬆採集到化石的露頭。」

「也不需要用鐵鎚嗎？」

「對，但當然無法挖到狀態理想的化石。」

「現在已經沒有這種可以輕鬆找到化石的地方了嗎？」

戶川在短暫的沉默後，意興闌珊地說：「博物館的牌子上有寫相關的情況。」

「我昨天回家之前去了博物館，好像沒看到有這種牌子⋯⋯」

「我說有就是有，因為那個牌子是我製作的。」

「啊，我聽那個叫良枝的阿姨說，你以前是那裡的館長。」

戶川終於轉頭看著他問：「你叫什麼名字？」

「我叫內村朋樹。」朋樹決定主動出擊，「我媽媽以前姓楠田。」

「楠田？」戶川挑起眉毛，「你該不會是楠田重雄的親戚？」

「楠田重雄是我外公。」

「——原來是這樣啊。」戶川走過來時，推了推眼鏡，「聽你這麼一說，的確長得有點像。重雄先生身體還好嗎？」

「他很好……」

戶川的反應和朋樹想像中不一樣。無論他的表情和聲音都沒有絲毫的嚴厲，難道是自己想太多了，他和外公之間並沒有什麼糾紛嗎？

他們兩個人都面對著河流的方向坐了下來，短暫休息片刻。

「你現在讀幾年級？」戶川打開水壺的蓋子問。

「六年級。」

「那不是要考中學了嗎？暑假不上補習班嗎？」

「要……但暫時請了假。」

「——這樣啊。」

戶川的視線似乎可以看透一切，朋樹忍不住摸了摸戴了帽子的後腦勺，擠出開朗的聲音說：

「但不會有問題，我的成績很好，而且也知道請假多久會出問題，不會輕易被別人追上來。」

「但這樣也無法追上別人，不是嗎？」

「不，並不是錄取分數高的學校就一定是好學校，錄取分數和校風都必須兼顧。只要向人打聽或是上網查一下，不是就可以瞭解那所學校真實的校風嗎？」

朋樹在說話時，不舒服的感覺在胃周圍擴散。

「你還真是老氣橫秋啊。」戶川喝了一口水壺裡的水，「你讀了好學校之後，以後想做什麼？」

「我媽媽一直希望我當醫生或是律師，但我知道未來律師的生存競爭會很激烈，所以還是當醫生風險比較小。我爸爸應該會同意我的意見，雖然還沒有和爸爸具體討論過，但我知道他的想法。」

「我問的是──」

「我自己的想法，對不對？」朋樹搶先說道，「但這個問題並不需要現在決定，在考大學之前，想法應該會改變。我知道只要現在好好讀書，以後可以有更多選擇，但我媽媽不太瞭解這一點，雖然我能夠瞭解她的心情，她希望我從事能夠光宗耀祖的工作。」

朋樹好像在辯解似地滔滔不絕，戶川目不轉睛地看著他。

「原來你什麼都瞭解。」

戶川突如其來的這句話，讓他感到胃好像被揪了一把。他微微彎下身體，急促地呼吸著，以免被戶川發現。

隨著疼痛漸漸緩和，原本隱藏在內心深處的事也慢慢浮現。那就是他無法去補習班上課的真正原因。

朋樹目前陷入了泥沼。就像被海底淤泥困住的菊石般無法動彈，雖然他對造成這種狀況的原因心知肚明——

朋樹心目中有一所理想的學校。那是位在鎌倉的一所私立男子學校，也是可以從中學部直升高中部的完全中學。他的堂哥讀那所學校，之前就聽堂哥說了很多學校的情況。那所學校歷史悠久，學校的氣氛很自由，老師很有個性，課堂上所教的內容並不只是為了應付考試，但大學錄取率很好，最近甚至有不少學生考進了美國一流大學——

朋樹聽堂哥說了之後，理所當然地想要讀那所學校。他也毫不懷疑自己只要功課夠好，就可以讀那種學校。他從四年級開始去上補習班，成績也持續進步，很快就升到了最資優的A1班。

升上五年級之後，有兩大狀況發生了變化。首先，他的父母分居了。因為爸爸不回家的日子越來越多，他之前就有了預感。他很喜歡爸爸，爸爸雖然工作繁忙，但會盡最大的努力關心朋樹，所以當聽到媽媽對他說「從明天開始，爸爸和媽媽要分開生活」時所感受到的衝擊，至今仍然留在朋樹的內心深處。他有兩、三個月的時間無法專心讀書，差一點被降到Ａ２班。

還有另一個變化，就是他報考鎌倉那所學校的資格。明年春天開始，新增了一項「通學時間在單程九十分鐘內」的規定，從豐洲的家中到學校的交通至少要一百分鐘，所以完全沒有考慮其他學校的朋樹看到這項規定後傻了眼。

爸爸得知後提出，朋樹在高中畢業前可以和他同住。爸爸搬離家中之後，在川崎市區內租了房子，每天從那裡去品川的公司上班。從川崎到鎌倉的學校不超過一個小時。

媽媽表示反對。她認為爸爸無法照顧到朋樹的飲食營養均衡，每天都太晚回家，住的房子太小——雖然媽媽列舉了很多缺點，但這些都是枝微末節的小事。朋樹覺得媽媽主要是為了和自己這個獨生子分開生活帶來的不安和寂寞而表示反對。朋樹也很擔心媽媽一個人生活，爸爸看了他們母子的反應後又提出了新的提議，認為朋樹可以在週末回豐洲。

兩個月前，朋樹得知媽媽內心還有更大的隱憂。某天晚上，他剛好聽到媽媽在客廳和外婆通電話。媽媽托著腮坐在餐桌旁說：「——我覺得他到時候有可能以和朋樹住在一起為由，主張監護權——」

朋樹立刻聽懂了這句話的意思。既然媽媽在和外婆聊這些事，就代表他們離婚已經無可避免。雖然朋樹已經作好了心理準備，但完全沒有想到自己想讀鎌倉的學校竟然會成為父母之間更大的爭端。

他經常夜不成眠。自己該怎麼辦？他既無法和爸爸討論。也無法和媽媽討論這個問題，然後又接到了補習班的通知。要求學生在暑期課程的最後一天決定自己的第一志願，交給補習班。因為從九月開始，要針對各個不同學校的入學考試加強練習。

朋樹的腦袋和內心就像塞滿了泥巴，完全無法發揮功能。滿溢的泥巴也開始侵蝕身體，他覺得自己早晚會變成化石——

鐵鎚的聲音把他拉回了現實。他轉頭一看，戶川撿起附近的石頭敲破後，確認著斷面。河灘上的圓形石頭看起來都大同小異，並不是團塊。他把有些石頭丟在一旁，有些排列在平坦的岩石上。

戶川在岩石上排放了七塊石頭後說：

「認為自己很瞭解狀況很危險。」

「啊？」朋樹聲音沙啞地問。

「尤其是像你這種聰明的小孩子，我相信無論是父母說話，或是上課，還是聽新聞，你都可以馬上理解他們在說什麼。」

「這有什麼——危險？」雖然他不想繼續聽下去，但還是無法不問。

「比方說，你有辦法把這些石頭分類嗎？」戶川指著七塊石頭問。每塊石頭都已經敲破，露出了內部全新的剖面，「名字不重要，只要說出哪些石頭是同類，就像是幼兒園的分類遊戲。」

朋樹對這種測試感到痛苦，然後依次摸了每一塊石頭的剖面。首先挑出了兩塊石頭。

「這兩塊……」他努力擠出聲音回答，「應該是泥岩。」

「是啊。」戶川點了點頭。

其他五塊石頭的顆粒比較粗，而且顏色有微妙的不同。如果說是同類，看起來的確差不多；如果說不是同類，就覺得都不一樣，缺乏決定性的要素。他煩惱片刻後，有點自暴自棄地說：

「其他的……全都是砂岩。」

「不對，只有這塊和這塊是砂岩。」戶川挑出兩塊石頭，「剩下的三塊中，這兩塊是安山岩，這是一種火成岩，最後一塊我也不太清楚，我猜想應該是變質岩。」

「不，這根本——」

「你要說你學校沒教，所以不可能知道嗎？但我並沒有問你石頭的種類，只是要你把相同的石頭分類。如果連分類都無法做到，知道多少岩石的名字，也無法將石頭分類。」

「雖然是這樣，但這麼微妙的差異——」

「瞭解就是瞭解，但正確分類並沒有想像中那麼簡單。」

戶川各拿了一塊名為安山岩的石頭和砂岩，把斷面朝向朋樹。

「只要掌握分類的重點，有時候就可以輕鬆分類。像安山岩之類的火山岩是熔岩冷卻凝固而成，所以仔細觀察，就可以發現結晶——顆粒的形狀有稜角，但砂岩是陸地的砂粒膠結而成，所以顆粒沒有稜角，是圓的。」

「……真的欸。」戶川說得沒錯。

「但是，你不知道這些很正常。」戶川心平氣和地說，「我在大學讀的是地質學，但讀到大學四年級，也和你現在差不多。」

「你開玩笑吧？」

「我沒有開玩笑。」戶川明確地說：「以前的地質系學生到了三年級或四年級，都要獨力完成某個地區的地質圖，就是所謂的實地訓練。一個人在山裡走好幾個星期，採集岩石，把地質分布畫成地圖。我被分配到日高那一帶，住在民宿內，每天都要上山。」

戶川面對著河流的方向盤腿而坐，繼續說了下去。

「我覺得自己應該沒問題。因為我當時已經學了構造地質學和岩石學，學了沉積學，也學會了用偏光顯微鏡觀察岩石薄片，和你一樣，覺得自己什麼都瞭解。沒想到帶著鐵鎚和放大鏡來到野外就束手無策了，因為真實的野外環境充滿了例外，也混亂不清，光看岩石的外表，覺得每一個都不一樣。」

朋樹再次看向剛才的安山岩和砂岩。戶川應該挑選了這兩塊特徵很明顯的石頭，如果仔細打量河灘上無數石頭，也許真的會看到無限種類。

「於是，我就把採集的石頭帶回了民宿，每天晚上都打量那些石頭。我把四坪大的房間視為調查的區域，每天把採集到的石頭沿著採集的路線排放，在榻榻米上排滿石頭。但是，石頭的數量越增加，越搞不清楚狀況，最後連睡覺的地方都沒了，只好睡在走廊上。」

朋樹想像著戶川在民宿的房間內放滿石頭的樣子，又想到了此刻自己被河灘上不知名的石頭包圍。

「有一天晚上，我像平時一樣對著那些石頭發愁，不經意地拿起一塊石頭。我搞不清楚那到底是什麼石頭，所以就一直丟在那裡。我在仔細端詳之後，發現好像還有其他和它很像的石頭。於是我重新打量這些之前完全沒有列入考慮，也分不清到底是什麼的石頭，並不是想要確定是什麼種類，只是想大致歸類，然後我就發現，那些石頭可以根據某個特徵分成兩大類，不僅如此，當我把那些石頭放回原本的位置時，發現這兩大類石頭的分布界線有一條明確的線。

「雖然那時候是三更半夜，但我忍不住驚叫起來。下一剎那，我就在四坪大的房間內看到了調查區域的立體地質構造。我至今仍然無法忘記當時那種不可思議的感覺。」

戶川一直注視著河面說話，然後將視線移向朋樹。朋樹專心地聽著他說話，完全無法做出任何反應，一動也不動地等待他的下文。

「我在那時候體會到一件事，瞭解的關鍵永遠都隱藏在不瞭解中。為了掌握這個關鍵，首先必須知道自己不瞭解什麼，也就是說，要明確區分瞭解和不瞭解。」

回家的路上，他又去了即將閉館的博物館。

他走過陳列著漂亮菊石的玻璃展示櫃，忍不住有點生氣。他在那之後找到了一塊團塊，但裡面並沒有化石。

他很快就來到牆壁前，又再次看了五塊解說板，但並沒有看到他想找的內容。

他聽到身後傳來腳步聲的同時，聽到了說話聲。「你每天都來，真熱心啊。」準備下班的良枝面帶微笑地看著他。

「你該不會今天也去了？」良枝看著朋樹的背包說，「今天也去採化石？」

「對，但今天也沒有收穫。」

「啊呀呀，」良枝皺著眉頭，「運氣真不好。」

「戶川爺爺說，這也是無可奈何的事，他說那裡的化石並不多。」

「果然是這樣，也難怪這裡這麼冷清。」良枝聳了聳胖胖的肩膀，巡視著展示室，「以前這家博物館多少有一些客人，都是從全國各地來富美別採集化石的化石愛好者。」

「是因為現在可以採集到的化石變少的關係嗎？」

「嗯，優賀羅河也發生了很大的變化。」

「戶川爺爺說，有一塊牌子上寫了相關的內容，但我從剛才就一直在找……」

「喔，原來你在找那塊牌子——」

良枝想了一下，伸長了短短的脖子向玄關大廳的方向張望了一下，確認那裡沒有人之後，向朋樹招了招手。

朋樹跟著良枝走出玄關，繞到博物館後方。那裡還有另一棟房子。雖然是平房，但大小並不比博物館本館遜色。水泥牆上有一道很大的鐵捲門，看起來像是倉庫。

「雖然外人不可以進入，這次就當作徵得了戶川前館長的同意，但你不可以告訴別人。」良枝把食指放在嘴脣上，把鑰匙插進房子側面的鋁門上。

良枝先走進去後，打開了電燈的開關。朋樹最先看到地上有一塊直徑將近一公尺的菊石，上面積了薄薄的灰塵。差不多像半個教室大小的空間被當成了儲藏室，除此以外，還雜亂地堆放了紙箱、塑膠箱和捲起的大型紙。

良枝走到左側牆邊，指著豎在牆邊的板子說：「就是這塊。」那塊解說板上寫著〈富美別的化石產地和優賀羅水壩〉。

「優賀羅水壩？」朋樹不知道這裡還有水壩。

「你沒看過嗎？」良枝問朋樹，「在南邊不是有優賀羅湖嗎？那是用水壩攔截優賀羅河形成的湖，三年前完工的，名叫富美別優賀羅水壩。」

「該不會——？」朋樹迅速看完了解說板上的內容說。

「沒錯，就是因為水壩的關係，導致產出化石的地方全都被淹沒了。」

解說板的地圖上，用藍色表示了因為水壩而被水淹沒的區域，河沿岸畫了星星的化石產地有三分之二都變成了藍色。

「結果，戸川先生也——」

良枝告訴了朋樹關於戸川的事。

二十年前，在戸川擔任博物館館長兩年多的時候，政府提出了建造富美別優賀羅水壩的計畫。國交省和北海道政府主導了這項重大計畫，高度超過一百公尺的水壩可以用來水力發電、灌溉和治水。

隨著這項計畫的推動，漸漸瞭解到對富美別町會產生怎樣的影響。最直接而嚴重的問題，就是有將近三百戶的住戶將會被沉入湖底，同時，成為菊石化石良好產地的大部分地區都會被淹沒這個事實，對一部分相關人員造成了很大的衝擊。

當時，以家園被淹沒的住戶為中心的居民發起了反對運動，戸川也以館長的立場，向國家和町政府提出了意見書，加入了反對運動。當時有人認為他領政府的薪水，卻加入反對運動，簡直太不像話，既然要反對，就必須辭去館長一職。

在這種形勢下舉行的町長選舉中，由推動水壩建設的候選人當選，那就是目前的町長。町長提出，只要建造了水壩，就可以增加建造和電力相關的就業機會，而且還可以收取巨額的固定資產稅和發電廠補助金，優賀羅湖也可以成為觀光景點，吸引觀光客。建造水壩是瀕臨死亡的富美別最後的希望。町長提出的這些政見打動了選民。

在町長眼中，「菊石之町」的形象有百害而無一利。他把博物館視為眼中釘，更加痛恨身為町公所的職員，卻成為反對派中心人物的戶川館長。町長使出了卑劣的手段，透過町公所的窗口告訴戶川，因為財政拮据，所以正在考慮關閉博物館。這明顯是在威脅戶川，如果不希望博物館關門，就辭去館長一職。窗口一臉歉意地暗示了町長的真正目的。

戶川最後決定辭職。他當時才五十七、八歲，原本還可以繼續擔任館長十年左右，當時，他已經作好了心理準備，知道建造水壩已經勢在必行，他在離開博物館之前，製作了這塊〈富美別的化石產地和優賀羅水壩〉的解說板。

隔年，反對運動幾乎沉寂。在提升補償金額後，所有住戶都同意搬遷。水壩立刻開始建造，花了八年的歲月，終於在三年前完成了——

「這塊解說牌——」朋樹看著戶川留下的這塊已經積了灰塵的牌子問：「為什麼放在這裡？」

「以前掛在展示室的牆壁上，但差不多兩年前，町長下令拿下來。那次町長以嘉賓的身分來參加博物館的活動，剛好看到這塊牌子，結果大發雷霆。戶川館長已經好幾年沒來這裡了，所以並不知道這件事。」

這塊解說牌從展示室撤走之後，就丟在這個儲藏室。朋樹似乎在解說牌上看到了戶川的身影。朋樹注視著解說牌，小聲地自言自語：

「但是，為什麼這裡……」

這個既老舊又無趣的博物館有這麼重要嗎？

良枝露出了看透他心思的眼神向他招了招手說：「你跟我來。」她走去儲藏室深處的另一道門前，推開那道門後，打開了燈。

朋樹看了燈光映照的景象，忍不住倒吸了一口氣。比展示室更大的空間內，有許多相同形狀的木架，木架和大人的身高差不多高。從上到下是一整排很寬的抽屜。背對背靠在一起的木架形成了細長形，總共有十組左右，一直延伸到深處。再加上這裡的空間很安靜，有點像圖書館的書庫。

「這裡是標本收藏庫。」良枝說，「戶川館長說，這裡才是博物館的重點。」

「這裡面全都是菊石嗎？」朋樹走了進去。

良枝用下巴指了指木架，調皮地揚起嘴角說：「我會轉頭不看你，啊，但你不可以碰標本。」

朋樹走向最前面的木架，有超過十個以上的抽屜上貼了寫著〈BA20031～〉之類的標籤。他試著打開了胸口高度的抽屜，裡面有十幾塊拳頭大小的菊石化石，有的是完整的形狀，有的是碎片，狀態各不相同，分別裝在沒有蓋子的紙盒內，抽屜內毫無空隙地放滿了紙盒。

他又接著打開了右側的抽屜，裡面也放滿了紙盒，但這個抽屜內的菊石都只有三、四公分而已，所以可以清楚看到紙盒底部墊著泛黃的卡片。有的是用藍色鋼筆寫的字，也有的是用打字機打字。在英文字母和數字的樣品編號下方，寫了英文和片假名的種類名，還有像是地名和地層的文字，最下方是人名和日期。應該是採集到化石的地點和採集人的資料。

朋樹在依次參觀後發現，這個抽屜內的菊石都屬於同一個種類，似乎是名為「帶菊石」的種類，但不同標本的採集地和採集者都不同。也就是說，蒐集了數十年來，不同的人在不同的地方採集到的相同種類菊石。

「一九四九年是……」朋樹忍不住脫口問道，這是寫在一張幾乎已經變成棕色的卡片上的年份。

「是昭和二十四年。」良枝在後方回答後笑了起來，「你反而更不知道吧？剛好是我出生那一年的十年前。啊，我不小心透露了自己的年紀。」

朋樹把抽屜關了起來，從木架之間走向房間深處。這些高大的木架整齊排列，一直向深處延伸，籠罩在這片宛如深海般的靜謐中。

無論打開哪一個抽屜，都是螺旋狀的化石。他看到了寫有館長名字「戶川康彥」的標本。走過幾組木架之後，發現後方的木架形狀和之前不一樣了，沒有抽屜，菊石都裝在紙盒內，放在木架的隔層板上。那些菊石都差不多三、四十公分左右。

這裡到底有多少菊石？朋樹靜靜地吐著氣。絕對不只一、兩千，可能上萬，搞不好更多——

他走回剛才進來的那道門，良枝抱著雙臂對他說：

「要蒐集這麼多化石不是一件容易的事。」

朋樹點了點頭，良枝用深有感慨的語氣接著說：

「雖然我搞不懂這種好像蝸牛屍體一樣的東西到底有什麼意思，但充分瞭解有許多學者投入了自己的一生。」

＊　＊　＊

雖然還不到中午，氣溫一直上升。晨間資訊節目說，今天可能將是今年入夏以來最熱的一天。

走來這裡的路上已經滿身大汗，所以過河時的涼爽感覺比平時更舒服。正在對岸的戶川正把工具從背包裡拿出來，他應該也剛到而已。

「你今天很早嘛。」戶川瞥了朋樹一眼說道。

「對，很早。」朋樹走到他身旁，放下了背包。

「為了謹慎起見，我還是確認一下，你來這裡有告訴家人吧？」

「啊，昨天和今天沒有說。」

「為什麼？這樣他們不是會擔心嗎？」

「因為我只要採集到一塊化石，就不會再來這裡了，正確地說，我會回東京。」

戶川停下了手，欲言又止地看著他。

「我去便利商店買了便當，我希望今天可以了結這件事。既然可以輕鬆——」他說到一半，立刻改了口，「既然可以找出理想化石的地方已經被水壩淹沒了，就只能在這裡找了。」

「你看了解說牌嗎？」

「那個叫良枝的阿姨帶我去看了。」他遲疑了一下後，又補充說，「在博物館後方的那棟房子裡。」

「後方的那棟房子？」戶川挑起白色的眉毛問。

「町長要求——從展示室撤走。」

雖然朋樹有點畏縮，但他也希望從戶川口中瞭解這件事。

「真是——」沒想到戶川一臉無奈的表情說：「很像是那個鼠肚雞腸的人會做的事，真是夠了，為什麼不能正大光明點？」

「你不生氣嗎？」

「生什麼氣？生町長的氣嗎？」

「因為聽良枝阿姨說，你是因為町長的關係辭去了館長，通常不是無法原諒嗎？無法原諒町長……還有我外公。」

「沒什麼原不原諒的問題，」戶川靜靜地說，然後盤腿坐了下來，「想要保護化石的產地是我和其他少數人自私的想法，無法和富美別的存亡、這裡居民的生活相提並論。」

「既然這麼，為什麼——？」為什麼要反對建造水壩？

「你知道什麼是環境評估嗎？」

朋樹點了點頭說：「大概知道。」

「那是我還沒有決定自己該如何行動的時候，我也收到了一份環境評估報告。上面有一份關於『地質』的項目，其中提到『雖然會導致一部分菊石化石的產地消失，但也廣泛分布在蓄水區域以外，所以影響有限』——」

戶川嘆了一口氣，眉頭皺得更深了。

「我看了之後，忍不住氣得發抖。那並不是『一部分消失』這麼簡單，尤其是白堊紀後期土命期的露頭全都會被淹沒，會毀掉四百萬年的地質時代，竟然說什麼『影響有限』。如果我繼續沉默下去，不是很對不起它們嗎？」

「對不起他們——」朋樹想起昨天看到的景象，「你是說以前的研究人員嗎？」

戶川搖了搖頭說：「當然是指那個時代的菊石。」

「喔喔……」朋樹低吟了一聲，告訴戶川說：「昨大我也去看了倉庫後面，收藏了很多化石，該怎麼說……那裡超扯。」

朋樹想要表達當時的驚訝，因為太害羞，所以無法正確形容。

「因為無論打開哪一個抽屜，都是滿滿的菊石，我原本以為要蒐集所有的種類，沒想到有超多都是相同的種類。」

朋樹努力試圖讓語尾變得輕鬆，戶川默默注視著他。

「這就是所謂的『研究』嗎？還是想要挖掘出所有埋在地上的化石？為什麼大家要拚命蒐集菊石這種——」他只能用發問的方式說出自己的想法，「是因為工作嗎？但你不是早就辭掉了博物館的工作嗎？」

戶川隔了幾秒鐘後，鼻子哼了一聲，緩緩站起來說：

「只是像中了毒而已。」

「中了毒？」

「每天都摸泥土調查地層，揮鐵鎚採化石，記錄後思考，就會上癮。這並不是單純的體力工作，也和坐在辦公桌前不一樣，也許這種同時動腦和活動身體的工作才適合人類這種動物。」

「很開心嗎？」

「只要試了之後，任何人都能夠體會，就連疲累都覺得很舒服，簡直太不可思議了。一旦瞭解這種滋味，即使上了年紀，也沒辦法在家享清福。幸好——」戶川轉身看向峭壁的方向接著說，「還有很多事可以做。」

「很多事……」朋樹也看著那個方向，「理想的地點不是已經被水淹沒了嗎？還是這裡也很有潛力？會有什麼很驚人的發現嗎？」

「這種事沒有人知道，正因為不知道，所以才要去做。」戶川皺著眉頭說，「任何人都可以做，但花費幾年、幾十年的時間之後，仍然沒有發現化石，就會瞭解到這裡不行，然後再去發掘下一個地點。這項持續的作業是在尋找自己不瞭解的事，而不是已經瞭解的事。」

戶川撿起地上的兩把鐵鎚，把其中一把遞到朋樹面前說：

「不光是科學，所有的世事都沒這麼簡單，不是一路都可以挑選輕鬆的選項就可以解決，最重要的就是動起來。」

朋樹吃完便利商店買的便當後，瞥了一眼躺在石頭上的戶川，回到了峭壁。

和一無所獲的上午不同，他挖掘了不到五分鐘，鐵鎚就打到了他想要找的目標。那是至今為止最大的團塊，差不多像躲避球那麼大。

他用雙手把團塊抱到小石頭上，撥掉表面的泥土。從大小和形狀判斷，應該是狠角色。他戴上護目鏡，握緊了鐵鎚。

鏘鏘鏘，鏘鏘鏘。

鐵鎚用力彈了回來，但團塊毫髮無傷。雖然手上的水泡很痛，但他更加用力敲打。

鏘鏘鏘。汗水順著下巴流了下來，滴落在團塊上。他停下手，用T恤的袖子擦著臉。

在鐵鎚聲停止的瞬間，立刻聽到山谷內響起吵鬧的蟬鳴聲。他昨天用手機查了一下，這裡的蟬好像叫蝦夷蟬。

看向北方的天空，看到了特徵明顯的積雨雲。今天可能又會下雷陣雨。必須抓緊時間——

鏘鏘鏘，鏘鏘鏘。

他用力瞪著團塊用力敲打，無聲的話語在內心翻騰。

其實我什麼都不瞭解。

不瞭解第一志願，不瞭解自己能不能去上補習班，甚至不瞭解自己真正的想法。

來到這裡之後，只瞭解到一件事，就是不能讓自己就這樣變成化石——

不時浮現的這些想法，也在揮動鐵鎚之後立刻消失了。腦海漸漸被即將出現在眼前的漂亮菊石占據——

鏘鏘鏘，鏘鏘鏘。

好熱——他從頭上摘下帽子丟到一旁。

鏘鏘鏘。即使手痠了，他仍然沒有放慢敲打的節奏。

他的眼角瞥到了戶川走了過來，但朋樹並沒有撿起地上的帽子。

「你現在已經很會敲了嘛。」

戶川在身旁說，但他沒有抬起頭。

鏘鏘鏘。

「你還真專心啊。」戶川笑著說。

鏘鏘鏘。

「我只是——」

朋樹揮動著鐵鎚，對著團塊說。

「我只是想親眼看一下，菊石是不是真的屬於魷魚和章魚的同類而已。」

下一剎那，鐵鎚沉了下去，同時響起一聲沉悶的聲音。

天王寺斷層

這件事非同小可。

「你哥最近回來這裡了嗎？」

學長在松蟲商店街的「莉莉安」咖啡店這麼問我。

「對啊，他昨天回來了。」我喝著可樂冰淇淋回答，「他高中時的好朋友今天結婚。」

雖然眼下是煩人的梅雨季節，但哥哥一大早就穿好西裝，繫上領帶出門了。雖然七夕婚禮聽起來很浪漫，但對參加的人來說，只會覺得很悶熱吧。

「但你為什麼問我哥的事？」

「不瞞你說，我昨晚在這裡看到你哥。」學長拿起插在綜合果汁裡的吸管，指著出入口說，「我打工下班後來這裡喝咖啡，看到你哥哥走進來。」

「你竟然還認得我哥，你不是只有很久之前，在我家的店裡遇過他一次嗎？」

「你們兄弟比你想像的更像，把你的臉放在冰水中浸三十分鐘，應該就會變成你哥的臉。」

「又不是西瓜，幹嘛要在冰水裡泡三十分鐘。」

「你的腦袋不是和西瓜差不多嗎？只不過無論在冰水裡泡多久，也沒辦法像你哥那麼聰明。」

「那當然啊，人家是京大畢業的學者欸。」

比我大六歲的哥哥在筑波的國立環境研究所上班，聽說好像在研究地球暖化的部門，至於詳細的工作內容，無論聽他說了多少次，我還是記不住。

「但我哥來這裡還真稀奇啊，和誰在一起？」

「你問到了重點，」學長微微向前探出身體，「你瞭解你哥的交友關係嗎？」

「不，完全不瞭解。啊，該不會——」我也忍不住探出了身體，「他該不會和女生約在這裡見面？」

我哥今年三十五歲，還是單身，我從來沒聽說他有女朋友這種事。

「才不是這種風花雪月的事。」學長搖了搖頭，指著角落一張桌子說：「你哥一個人坐在角落那裡，等了差不多十分鐘左右，有一個老頭走了進來，在他對面坐了下來。」

「大叔？怎樣的老頭？」

「六十歲左右，看起來就很有問題的老頭。雖然我沒聽到他們在聊什麼，但兩個人臉上的表情都很嚴肅。」學長突然壓低了聲音，「結果你哥從皮包裡拿出一個牛皮紙信封交給那個老頭。那個老頭把信封裡的東西拿出來確認，原來是錢。」

「大約有多少？」

「我想應該有二、三十萬。」

該不會——我慌忙向學長確認。

「那個老頭是怎樣的打扮？」

「穿一件很花的夏威夷衫配白色棉短褲，戴了一副顏色很淺的墨鏡，是不是超有問題？」

「喔喔……」我就知道──

「事情絕對不單純，你哥不是被勒索就是被騙了──」

「不是啦，」我試圖擠出笑容，但臉頰抽搐起來，「那是我伯伯啦。」

「你伯伯？就是以前玩樂團的那個伯伯嗎？」

「沒錯，就是前吉他手哲伯伯。」

「笹野家的長子都會基因突變。」

這十年來，每次家族聚會，我爸就會說這句話。滿腦子只有魚板和阪神虎隊的我爸竟然會說出「基因突變」這幾個字，我第一次聽到時，忍不住吐槽他說「你從哪裡學來這個新名詞？」我爸雖然裝傻說是「今天早上在本場學到的」，但搞不好是我哥自己說的。我爸說的本場就是大阪中央批發市場本場。

我很瞭解我爸想要表達的意思。開了這家「笹野魚板店」的爺爺在家也是排行老二。爺爺死了之後，繼承了這家店的我爸也是老二。如果以後由我繼承這家店，就變成連續三代都是家中的次子當老闆。

「笹野魚板店」在阿倍野的松蟲商店街有一家小店面，如今，這家專賣自製魚板和炸魚餅——薩摩炸魚餅——的私人商店在大阪很難得一見。我們堅持手工製作，只靠本地熟客支持，默默經營了五十五年。雖然一路走來，在經營上曾經多次遭遇瓶頸，但爺爺和我爸都靠著他們唯一優點的忍耐力撐了過來。從某種意義上來說，正因為他們是平凡人，所以才能夠做到。

但笹野家的長子都不是平凡人。爺爺的哥哥從小就愛畫畫，在十五歲的時候丟下一句「我要當紙娃娃木偶戲作家」就離家出走，去當了知名大師的徒弟。雖然很有行動力，但還是一個怪胎。可惜在他自立門戶之前，就收到了召集令，結果死在菲律賓的戰場上。

我爸的哥哥名叫哲治，我從小就叫他「哲伯伯」。我記得他比我爸大三歲，今年應該六十三歲，目前一個人租了商店街角落一家倒閉小酒館二樓的房子住在那裡。

哲伯伯以前是藍調樂團的吉他手，也當過 Live House 的店長、酒吧調酒師、酒店皮條客，還做過其他各式各樣的工作，現在是無業遊民。只不過他自己並不承認這個身分。當他去新世界一帶的站立式酒吧喝酒時，如果旁邊的客人問他是做哪一行的，他就會回答：「我在玩藍調。」這句話並不是說他在玩音樂，而是他認為自己的生活方式是一種藍調。

我在「莉莉安」咖啡店和學長道別後，沿著商店街走回住家兼店舖，沒想到剛說到曹操，就見到了曹操。哲伯伯張著雙腿，騎著一輛破舊的淑女腳踏車，一路蛇行，迎面慢慢騎了過來。正在把特賣品放進花車的「田中服裝店」的老闆娘一看到他，就忍不住皺起了眉頭。

哲伯伯騎到我面前停了下來，腳踏車的煞車發出了刺耳的聲音。

「阿健，」哲伯伯把墨鏡拉到鼻尖說，「你還在當學徒，就學會偷懶了，趕快回去做事。」

「你哪有資格說我？」我咂著嘴反駁，「哲伯伯，你既然三不五時來店裡，偶爾也幫一下忙啊，反正你也閒得慌。」

「你懂個屁！我可忙著呢！」

「忙著大白天喝酒嗎？」

我指著滿是鏽斑的腳踏車籃子說。裡面有一瓶便宜的燒酒，還有我們店裡賣的一盒「生薑蓮藕天婦羅」——那是我爸想出來的人氣商品。那盒生薑天婦羅應該是從店裡的冰箱裡偷的，但他剛才從我爸那裡騙取的應該並不是只有這個而已。

比起這種事，我還有更重要的事要問他。

「哲伯伯，」我一臉正色問他，「我想問我哥的事——」

「阿優怎麼了？」

我猶豫起來，因為我覺得還是先問我哥比較好。

「沒有啦……」我立刻改了口，「我只是想問我哥已經回來了嗎？」

「不，好像還沒有。」

「是嗎？那他可能和其他人一起去續攤了。」

哲伯伯拿下白色狩獵帽，把一頭白髮向後撥，「但阿優哪有閒工夫去參加別人的婚禮，自己連個女朋友也交不到。」

「我哥會覺得你沒資格這麼說他吧。」

哲伯伯露出一口黃牙嘿嘿笑了起來，重新戴好狩獵帽，騎著腳踏車離開了。

「到底在想什麼啊！」

才剛走到店門口，就聽到我媽罵人的聲音。

「這個月已經是第四次了！」聲音從後方的廚房傳來，屋齡五十五年的房子也被我媽的氣勢洶洶嚇得顫抖起來，「我們家很有錢嗎？還是紅十字會？還是做慈善的救世軍？哪有錢給年過花甲的不良老人揮霍！」

「妳對我說也沒用啊……」我爸用像蚊子叫般的聲音，說著陳腔濫調為自己辯解，「有什麼辦法呢？如果他去吃霸王餐怎麼辦？」

我就知道。我爸又拿錢給哲伯伯了。我輕輕嘆了一口氣，探頭向廚房張望，我爸垂著眉尾，露出鬆了一口氣的表情。

「外面全都聽到了，」我對他們說，「客人都嚇得逃走了。」

「你去哪裡閒逛了？」我媽轉動肥胖的脖子看了過來，突然把矛頭指向了我，「只不過去銀行換個零錢，為什麼要一個小時？」

「我有什麼辦法？」我竟然不自覺地說了和我爸相同的話，真傷腦筋，「半路遇到學長，被他逮住了啊。我換好衣服馬上就下來。」

我在廚房旁的空地脫下球鞋，趕快逃去了二樓。

哲伯伯從三年前開始向我爸要錢。從去年徹底變成無業遊民之後，要錢的次數也增加了。每個月會晃來店裡幾次，向我爸要一、兩萬圓。我媽說，他還曾經試圖偷收銀台的錢，只不過最後沒有成功。不用說，哲伯伯向來都是有借不還。

不光是這樣，他還經常在喝酒的地方和其他客人起衝突，或是喝醉酒睡在馬路上，幾乎每個月都會鬧去警局，每次都是我爸去警局保他出來。我爸向來在哲伯伯面前抬不起頭，從小時候開始，就被哲伯伯當成手下使喚，這種關係至今仍然沒有改變，所以我媽對哲伯伯恨如蛇蠍。

哲伯伯以前真的曾經是職業吉他手，他在二十多歲時曾經組過樂團，在關西的藍調搖滾界很受矚目，而且也出了三張唱片。

在樂團解散之後，他彈的吉他受到賞識，曾經為其他歌手擔任吉他手，也曾經在錄音室當樂手，但他可能對這些工作無法感到滿足，一定很希望可以再次站上舞台，再度在主流唱片公司出唱片。

但是哲伯伯還沒有實現這個夢想就邁入了不惑之年，和在曼谷的酒吧認識的道子伯母結了第三次婚。他在二十二歲時第一次結婚，二十九歲時第二次結婚，兩次婚姻都因為哲伯伯花心外遇玩女人，都維持了不到一年就結束了。

我曾經見過道子伯母一次。那時候我才七、八歲而已，現在已經不記得她的長相，只記得我媽當時奉承她說「東京的人果然很苗條」。事後我才聽說，道子伯母是會計師，當時在堂島的一家大型會計事務所任職，也許是因為生活的環境很單純務實，所以才會對哲伯伯那種男人感到很新鮮。

道子伯母終於為哲伯伯生了一個女兒，名叫美嘉，但我和我哥都沒有見過那個堂妹。因為道子伯母在東京的娘家生孩子後就沒有再回大阪，我在事後聽說，這次的原因還是因為哲伯伯玩女人。他在道子伯母懷孕期間一直外遇，所以不值得同情。

哲伯伯在那時候第一次想要洗心革面，重新做人。他很乾脆地放棄了無法賺取像樣收入的音樂，去Live House當了店長。他一次又一次去東京找道子伯母，一次又一次向她低頭道歉，說從此以後會為家人而活，希望再給他一次機會。他應該很想和女兒一起生活。

但是，道子伯母並沒有回心轉意，兩個人就這樣離了婚，最後道子伯母甚至對哲伯伯說：「以後再也不要出現在我們面前。」哲伯伯在那次之後，似乎就沒有再去過東京。

總而言之，哲伯伯是笹野家的頭號麻煩製造者，說白了，就是個頭痛人物。雖然從小到大，他是除了父母以外，我最親近的大人，但他從來沒有陪我玩過，過年也從來沒有給我紅包。

即使如此，哲伯伯向來沒有對我們兄弟兩人造成任何直接的危害，所以如果哲伯伯開始向哥哥要錢——如果這件事屬實——就真的太讓人震驚了。

＊＊＊

遇到紅燈停車時，坐在副駕駛座上的哥哥「啊、啊」地打著呵欠。

我看著他的側臉。他雖然一副很想睡的樣子，但臉並不紅。他似乎只有在乾杯時喝了香檳而已。我哥和我的酒量都很差，我覺得這是我們兩兄弟唯一相像的地方。

「不好意思，你這麼累，還叫你出來。」

「如果你真的這麼想，就不要叫我出來。」哥哥無奈地笑了起來。

哥哥在將近晚上九點時才回到家，他和其他人一起去續了新郎和新娘都沒有參加的第二攤。因為他明天一大早就要搭新幹線回筑波，所以只能在今晚問他那件事。我們家的三個房間之間都是用紙拉門隔開，我不想在家裡談這件事，所以就約他一起去南港夜釣。

幸好雨在傍晚就停了，我把釣具放在店裡的小貨車上，半強迫地把剛洗完澡的哥哥拉上車，離開了家。從阿倍野筋沿著住之江大道一路向西，只要二十分鐘左右就到了。

「我已經有十年，不，差不多十五年沒釣過魚了。」哥哥看著擋風玻璃說，「你常去嗎？」

「我也很久沒釣了，但大約從半年前開始，有時候會去。」

因為樂團解散之後，我經常無所事事。哥哥似乎猜到了，假裝若無其事地問：

「聽說你最近跟著爸爸，在店裡做得很認真，已經完全放下音樂了嗎？」

「——嗯，貝斯也積了灰塵，但我在三十歲前就認清了現實，重新做人了，和哲伯伯不一樣。」

雖然我努力開玩笑，但我很清楚，把自己和哲伯伯相提並論這件事就有問題。哲伯伯是曾經出過唱片的職業吉他手，我只是業餘搖滾樂團的成員，只自製過一張唱片拿去 Live House 賣而已。

在五名成員中，只有負責寫歌的團長毫無理由地相信，我們有朝一日會在主流唱片公司出唱片，其他人只是搭便車玩音樂而已。和這些人一起渾渾噩噩地混了五年的我最沒出息。去年年底，鼓手提出不想再玩樂團，其他人內心的不滿也一下子噴發，樂團就這樣自然解散了。

所以我說自己放棄了夢想的說法並不正確，因為我從來沒有夢想自己能夠在音樂路上成功，也沒有付出相應的努力，但在哥哥面前，如果不假裝自己認真想要走音樂這條路就很沒面子。

經過南港口之後，馬路兩旁都是巨大的倉庫，周圍一片昏暗，稀疏的橘色路燈是唯一的亮光。雖然路上沒什麼來往的車輛，但路肩停滿了貨櫃車和大貨車，看著窗外的哥哥又打起了呵欠。

哥哥的「基因突變現象」和哲伯伯剛好相反，自從上了小學之後，就經常發生讓爸媽覺得「他真的是我們兒子嗎？」的事。他每天放學回家後就馬上做功課，考試都是一百分，生日時想要的生日禮物是兒童版的科學書籍，他最愛的《宇宙和地球的秘密》系列那五本書，至今仍然在他的書架上。

因為相差好幾歲的關係，在我的記憶中，我們兄弟從來沒打過架，哥哥常常教我功課。即使我把鉛筆一丟說「我不會啦」，哥哥也很有耐心地教我說：「你不是不會，只是沒有認真思考。」多虧了哥哥，我才沒有淪落到墊底的高中。

哥哥從本地的公立中學畢業後，進入了府立天王寺高中，然後一次就考上了京都大學，升學路上的每一步都是這一帶普通人家的小孩最出色的表現。而且他還繼續讀了研究所，讀到了博士學位，去美國留學，四年前被位在筑波的國立環境研究所錄用後回到了日本。

我爸媽都只有高中畢業，哲伯伯甚至連高中都沒讀完，親戚中也沒有人讀過大學，對笹野家來說，哥哥並不是所謂的「希望之星」，反而覺得他是異類。京大、博士、地球暖化，這些文字排列在一起時，感覺就像站在摩天大樓的下方仰頭看一樣，只會感到頭暈目眩。哥哥每次回家探親，我爸就不知道該和他聊什麼話題，我媽面對哥哥時也很小心翼翼。

當我回過神時，發現已經快到海鷗大橋了，我們要去的突堤就在過了橋之後那片填海地的前端。

哥哥把兩個折疊式小椅子放在堤防邊緣時說：

「你竟然可以找到這種地方。」

「是不是秘境？每次來都是我一個人包場。」

填海地前端有一小片綠地，撥開樹叢，走到深處，越過低矮的柵欄，就是向海上延伸的突堤，長度大約五十公尺左右。今天晚上也沒有其他釣客。

四周很暗，但並不是一片漆黑，綠地的燈光可以稍微照到突堤中間。也許是因為又溼又重的空氣都靜止不動的關係，帶著海水味的淤泥和油的臭味比平時更濃。

我在帶來的提燈燈光下，連同哥哥的份一起準備釣餌。

「用擬餌嗎？我沒怎麼用過。」哥哥說。

「最近很流行用軟蟲釣竹筴魚，但魚皮鉤不好玩，用魚餌又太麻煩。」

其實最早是哥哥教我釣魚。讀小學時，哥哥經常帶我到南港的海釣公園釣魚。

相隔十幾年，再次和哥哥坐在一起釣魚。雖然在黑暗中看不清楚擬餌拋到了哪裡，但聽到了噗通、噗通兩次水聲。我教哥哥如何操作釣竿，緩緩旋轉捲線器。

無論什麼時候來這裡，大阪灣這個巨大的水塘永遠都是又黑又混濁，不知道水底隱藏了什麼，難以想像通往藍色的外海，就連看不見海面的夜晚，也可以感受到不透明的海水黏稠的感覺。

正前方可以看到神戶的夜景，右側那片燈光是南港海港城，也許是因為溼氣的關係，燈光看起來有點朦朧。

兩個人的釣竿都沒有動靜，反正今天無法專心釣魚，我覺得差不多可以開口時，哥哥搶先問我：

「你是不是找我有什麼事？」

「啊啊……被你發現了嗎？」

不愧是我哥哥。

「因為你的心事都寫在臉上，有什麼事？是店裡的事嗎？」

「不是——是哲伯伯的事。」

「他又闖了什麼禍嗎？」

我停止操作釣竿，轉身面對哥哥。

「哥哥，你昨天在『莉莉安』和哲伯伯見面吧？我朋友看到你們，還說看到你拿錢給他，是真的嗎？」

哥哥默默旋轉著捲線器，把擬餌拉了過來，然後在折疊椅上坐了下來，注視著海面說：

「我上個月見到了美嘉。」

「美嘉……你是說那個美嘉嗎？」我很驚訝。那是哲伯伯的女兒。

「她突然到筑波的研究所來找我，我嚇了一跳，因為我從來沒見過她。她說是從道子伯母那裡得知我工作的地方。」

道子伯母是美嘉的媽媽，也是哲伯伯最後一任前妻。

「她為什麼突然去找你？」我慌忙放下釣竿，把折疊椅拉了過來。

「美嘉在東京讀音樂大學，目前是聲樂系四年級的學生，她打算在畢業之後去義大利繼續學聲樂。」

「好厲害，所以她繼承了哲伯伯的基因嗎？」

「美嘉在懂事之後就沒見過爸爸，但知道她爸爸是小有名氣的吉他手。據說在她二十歲的時候，她媽媽把離婚當時的情況告訴了她，美嘉認定她爸爸是為了她放棄了音樂。」

「我覺得事情沒這麼簡單，但她的確是哲伯伯放棄音樂的契機。」

「嗯，」哥哥也表示同意，「同樣身為愛音樂的人，應該會感到很痛苦。美嘉說，她目前還沒有勇氣和爸爸見面，所以來問我，她爸爸是不是不打算再彈吉他了，不知道他怎麼看女兒，還想知道爸爸有沒有後悔。她希望在出國之前，知道這些問題的答案。」

「你怎麼回答？」

「我說我也不知道，會叫我弟弟去問一下。」

「喂，你說話真不負責任。」

我嘟著嘴說，哥哥出聲笑了起來。

「健，你覺得呢？」哥哥很快恢復了正色問，「你覺得哲伯伯不想再彈吉他了嗎？」

「我以前曾經問過他。」

「真的嗎？」

「嗯，在我離開樂團的時候，哲伯伯嘻皮笑臉地說：『你不再玩搖滾了嗎？』我就很生氣地反問他：『你自己整天把藍調、藍調掛在嘴上，不再彈吉他了嗎？』他回答說：『即使想彈也彈不了，嘻嘻嘻。』」

「什麼意思？是說他現在已經彈不好的意思嗎？」

「這也是原因之一，另一個原因是他手上也沒吉他了，一把吉他都沒了。」

「好像是，我也聽爸爸這麼說。」

「不光是吉他，哲伯伯家裡什麼都沒有，大量的唱片、CD、樂譜和音樂雜誌都沒了，家裡都空了。」

「我們小時候，他家不是堆滿東西嗎？全都丟了嗎？」

「——是啊。」

我之所以吞吞吐吐，是因為在環境研究所任職的哥哥面前難以啟齒。這件事只有哲伯伯和我知道，但他並沒有叫我不要說出去，所以我決定趁這個機會說出來。

「哲伯伯的那些音樂相關的東西——」我指著剛才垂著釣竿的眼前那片海面，「全都沉在這裡。」

「什麼？」哥哥皺起了眉頭，「你是說海底嗎？」

「嗯，其實這個地方是哲伯伯帶我來的。我們就是在這個位置，把東西丟進了海裡。這十年來，我每年都幫忙他一起丟。」

「每年？這是怎麼回事？」

哥哥似乎無法瞭解狀況，首先確認了這件事。

「哥哥，你最後一次去哲伯伯家裡是什麼時候？」

「我忘了，至少在上中學之後就沒去過。」

「我就知道。我經常去，因為爸爸有時候會叫我送炸魚板給哲伯伯，我每次都在門口交給他，並沒有進去他家裡，所以直到中學一年級還是二年級時，才發現不對勁。因為當我相隔多年走進他家時，發現吉他和音箱那些東西明顯變少了，就連書架也空空蕩蕩。我問哲伯伯是怎麼回事，他笑著回答說，都丟進大阪灣了——」

當時，哲伯伯告訴我說，起初是在美嘉出生的隔年，也就是二十一年前，哲伯伯在放棄音樂的同時下定了決心，要每年慢慢丟掉一些音樂相關的東西。他每年都在十二月三十日半夜把東西搬去南港，然後丟進大海。

他第一年丟棄的是以前參加的搖滾樂團發行的三張唱片，和刊登了相關報導的那些音樂雜誌。隔年之後，丟棄了其他雜誌和樂譜，然後是音箱和效果器等周邊機器，最後開始丟吉他。

但是，哲伯伯說的話要打折扣，我一直以為，即使他真的丟棄了，說丟進大阪灣只是開玩笑而已。直到高二那年，才知道他並沒有騙我。在他準備丟棄為數龐大的唱片時，他的腰痛惡化，無法拿重物，所以他就在那一年的年底，第一次帶我來到這個突堤。

那次之後，我每年都默默地成為他的幫兇。我知道不應該做這種事，但也能夠理解他不想送去垃圾回收站，或是廉價出售的心情。幸好從來沒有被逮到過。

「——最後一次是在前年年底，終於把所有的東西都丟光了。他說從他開始丟東西剛好滿二十年，一個人很開心。」

靜靜聽我說話的哥哥吐了一口氣，他注視著海面，斷斷續續地說：

「——原來、在這裡沉積。足足二十年份。」

「沉積？這是你們的專業用語嗎？」

哥哥抬起頭，用反問代替了回答：

「健，你知道我在進行哪方面的研究嗎？」

「我只知道你在研究地球暖化和海底淤泥，」然後我又辯解似地補充說：「我知道把垃圾丟進大海很不好，但是——」

「我不是這個意思，」哥哥笑著搖了搖頭，「我研究的是古氣候學，沉積在海洋和湖底的沉積物，就像是記錄了過去環境的記錄器，於是我們就從船隻和油井中挖掘，採集長長的圓柱狀核心樣本，在實驗室加以分析，調查以前的氣候。雖然我目前在研究地球暖化問題的部門，但我的工作並不是預測未來，而是剛好相反，藉由復原過去數千年、數萬年的氣候變遷，瞭解目前發生的地球暖化是多麼異常的狀況。」

「你說的沉積物不是泥土之類的嗎？可以從這些東西中瞭解以前的氣候嗎？」

「比方說，有時候可以從湖的沉積物中，發現漂亮而細緻的條紋，這是因為不同的季節時，形成的沉積層顏色會稍微不一樣。」

「就像是樹木的年輪嗎？」

「就是這樣，只是這種紋泥層稱為『年縞』。只要仔細計算紋泥層的數目，就可以知道是幾年前沉積的泥層，就像是年代的刻度。如果沒有條紋時，就可以用放射性碳定年或是氧同位素比值——」

哥哥發現我皺起了眉頭，露出苦笑後簡單地說：

「總而言之，就是有好幾種方法可以決定沉積物的年代，決定之後，再要調查紋泥中含有什麼物質。這也有各種方法，最簡單的就是調查花粉。在紋泥中找出花粉，確認植物的種類。只要知道那個年代有哪些植物生長很旺盛，就可以瞭解當時的氣候——氣溫和降雨量。」

「原來是這樣，我終於瞭解了。」

「雖然你說瞭解了，但你的表情明顯在說，這到底有什麼趣味。」

「是啊，老實說就是這樣。」

哥哥發出了輕輕的笑聲，看向大海的方向。

「在福井的若狹灣旁，有一個名叫水月湖的湖泊，那裡幾乎完整保留了過去七萬年的沉積物，在全世界也很有名。我以前還在讀書的時候，就曾經協助分析過那裡的核心樣本，在學習判讀紋層的同時計算了紋層，在某一天之後，發現了紋層以外的東西。」

「是不是用眼過度，看到了幽靈？」

「雖不中，亦不遠。」哥哥又笑了起來，「是人。」

「啊？怎麼回事？」

「我當時負責的是三萬年前的樣本，那是後期舊石器時代，所以日本列島上也有人居住。從三萬年前到現在，大約有一千個世代。從出生到生兒育女，到死亡，但並不是這樣單調地重複而已，有些年深受酷暑之苦，也有些年承受了嚴寒，有洪水，也有乾旱，就好像我們的人生會經歷各種不同的事一樣，他們的一生也發生了各種不同的狀況。紋泥層忠實記錄了每一年。」

「所以並不只是普通的刻度而已。」

「當可以想像當時的人經歷了怎樣的時代之後，核心樣本上的紋層就好像變成了日記，會覺得愛不釋手，覺得好像有人出示了自己重要的東西。我就是因為這個原因，才會愛上古代氣候的世界。」

「很像是你會做的事。」

哥哥聽到我這麼說，才害羞地皺起了鼻子，探頭看向漆黑的海面。

「如果調查哲叔叔沉積在這裡的東西，或許也會發現什麼。」

「發現什麼？」

「哲伯伯腦袋裡的想法啊。如果你是他，你會按照怎樣的順序丟棄那些東西？」

「有感情的東西，和有價值的東西應該會最後才丟吧。」

「但他最先丟掉的是自己的唱片，和當時介紹他們樂團的雜誌，不是嗎？我相信他對這些東西很有感情，但這是不是代表他不在意過去的榮耀？」

「是因為他覺得首先必須放下那些嗎？」

「有道理。」哥哥一臉嚴肅的表情抱著雙臂，「至於值錢的東西，應該就是吉他。他也在很早期就丟掉了，是因為吉他即使丟了還可以再買嗎？」

「我也不太清楚，好像其中有一把是哲伯伯很引以為傲的吉他名琴，但也在樂器類的最後丟掉了。」

「名琴？是怎樣的吉他？」

「Gibson的木吉他，我只知道這些。我不是從高二那一年的冬天才開始幫忙嗎？聽說他是在前一年丟掉了最後一把吉他，所以我也不知道是哪一款吉他。」

「——是喔。」哥哥凝望著遠方，好像在思考什麼。

「你是不是也覺得很可惜？我曾經把這件事告訴爸爸，但沒有告訴爸爸丟在哪裡，爸爸說，那把吉他是冒牌品。」

「吉他也有假貨嗎？」

「就是外形模仿名琴款式的便宜貨，因為爸爸說『他怎麼可能把可以高價出售的東西就這樣丟掉』，雖然我也這麼覺得，但哲伯伯這個人什麼事都做得出來。」

「——嗯。」哥哥再度發出無力的聲音。

「接著是他收藏的唱片和CD，因為有些已經絕版了，所以他可能不捨得馬上丟掉。」

哥哥沉默片刻後，注視著黑暗，幽幽地說：

「——所以是hiatus。」

「什麼海透斯？什麼意思？」

「沒事，和你沒有關係。」哥哥轉頭看著我，「在唱片之後呢？」

「一大堆舊筆記本，然後就沒其他東西了。有好幾十本，我翻了一下，裡面都是潦草的字寫的和弦譜以及歌詞，他應該夢想日後能夠錄製唱片，所以寫了很多歌詞和樂曲，我可以充分理解他為什麼留到最後才丟。」

「這是前年的事嗎？」

「對——啊，不對，不對。」我突然想了起來，「那是三年前，去年我陪他丟的是一些和音樂完全沒有關係的不可燃垃圾。」

「不可燃垃圾？」

「空瓶子。差不多有十個左右的空瓶，當他家裡清空時，發現房間角落還有那些垃圾。雖然上面的標籤已經沒有了，但八成是酒瓶。」

「你們特地來這裡丟這種東西嗎？」

「嗯，最後那些瓶子就真的是非法亂丟垃圾了。」

那天晚上一無所獲。當我躺在床上時，才想起哥哥還沒有回答我拿錢給哲伯伯的事。隔天早晨醒來時，哥哥已經出門了。

＊＊＊

揮別梅雨季，迎來大熱天。這句俗話說得真好，這幾天都是烈日當頭，簡直熱死人。商店街的拱頂發揮的不是遮陽的效果，更像是不讓熱氣散開的三溫暖蓋子，才走了不到一分鐘，汗水就從太陽穴流了下來。

那天之後，沒有再見到哲伯伯，也沒有機會和哥哥聯絡，無論是錢的事還是美嘉的事，都沒有任何下文。

海透斯。

我很在意哥哥那天晚上小聲嘀咕的話，於是就上網查了一下，發現原來是英文 hiatus。從免費線上字典查到幾個意思。〈①中斷、暫停。②地球暖化導致氣溫暫時停止上升的現象。〉我猜想應該和哥哥的專業相關，所以應該是②的意思。

即使瞭解了這個字的意思，也不知道哥哥想要表達什麼。難道是說哲伯伯邁向顛峰的人生暫時停滯嗎？但這和事實並不相符。哲伯伯只有在二十多歲時春風得意，之後就一路走下坡。

一個推著手推車，走在路上的奶奶向我打招呼說：「真是太熱了。」我覺得她很面熟，可能是店裡的客人。然後我才發現，自己竟然戴著店裡的圍裙走在街上。我慌忙拿下圍裙，同時為覺得戴圍裙出門很丟臉的自己感到羞恥。

我從半年前開始站在店門口做生意，商店街的人和客人經常問我：「你那個高材生哥哥最近還好嗎？」雖然已經習慣擠出笑容回答說：「託各位的福，我哥哥很好。」但對於整天被拿來和哥哥比較還是感到很不爽。

如果說我在哥哥面前不會感到自卑，當然就是在說謊，但這並不是因為哥哥太優秀感到自卑。最好的證明，就是我對哲伯伯也有相同的感覺。我希望自己不平凡，但又偏偏是個平凡人。我是笹野家典型的次男，這件事讓我感到自卑。

我從高中時開始玩電貝斯。當初是受國中同學之邀加入了輕音樂社。哲伯伯那時候早就放棄了音樂，所以並不是受他的影響，但其實我並沒有特別喜歡搖滾樂，至少有八成是基於希望可以因此受女生歡迎，當時，學長擔任輕音樂社的副社長。

我並沒有因此受女生的歡迎，只有在文化節的時候出一下風頭，就這樣安穩地過了三年，在也不知道自己未來要做什麼的狀況下畢了業。自以為是搖滾樂手的十八歲少年當然不可能認為自己要一輩子做魚板。學長在畢業之後也成為自由業，邀我一起組樂團，於是我就決定繼續玩音樂。

白天打工，然後去樂團練習，在深夜的家庭餐廳聊八卦，偶爾去參加現場音樂會。這種輕鬆的日子持續了四年左右，最後突然畫上了句點。有一天，學長說：「吉他搖滾已經過時了，以後是融合搖滾的時代。」然後就解散了樂團，學長至今仍然有一些玩嘻哈音樂的朋友，因為我們住得很近，所以還有來往。

我之後加入了半年前解散的那個樂團。我在 Live House 認識了那個樂團的團長，他說樂團的貝斯手突然離開，拜託我在下一場現場演唱會之前墊檔一下。雖然我的貝斯並不至於令人刮目相看，但在音樂方面也沒有特別的主張，團長應該覺得我很好相處，於是就自然而然地成為那個樂團的正式成員。

回顧一路走來的音樂路，就覺得自己很沒出息。因為沒有任何一件事是自己採取主動，如果當初朋友找我去參加吉本興業的培訓所，我可能就會以搞笑藝人為目標。即使沒有強烈的意志，只要背著吉他盒走在街上，就可以自我欺騙，自己並不是普通的自由業。事情就是這麼簡單。

不，說白了，我雖然不想繼承魚板店，但又覺得即使最後走投無路，反正還可以繼承魚板店。我知道這種想法自相矛盾，也就是所謂的靠爸族，但這就是我內心的真實想法。正因為這樣，才能夠悠哉地玩樂團。對我來說，那真的只是玩玩而已。

我明年就三十歲了，至今仍然沒有找到像哥哥那樣，可以毫不猶豫地向前邁進的目標，也沒有像哲伯伯那樣盡情狂野的勇氣，內心深處對漸漸成為魚板店第三代老闆的現狀感到安心。我有時候對自己的這種平凡厭惡之至。

沿著狹窄的樓梯上樓，推開「莉莉安」咖啡店的玻璃門，冷氣立刻包圍了全身。

學長坐在老位子上滑手機，我向收銀台內熟識的服務生點了綜合三明治後，立刻走向學長坐的那張桌上。

「我沒時間坐很久。」我在學長對面坐下後說，「吃完飯馬上就要回店裡，不然我媽又要囉唆了。」

「搞什麼，午休時間不是有一個小時嗎？這根本違反了勞基法。」

學長難得說出這麼有內容的話。他在打工的清潔公司當了多年領班，可能也需要為手下的人排班。

「我家是我媽領導的獨裁國家，有治外法權，不受勞基法約束。」我輸人不輸陣，不甘示弱地賣弄一下僅有的知識。

「沒錯，你老媽比勞動部部長更可怕。」學長大聲喝著已經被冰塊稀釋的剩餘綜合果汁，「但你以後會繼承那家店吧？真是太羨慕了，既然那麼忙，就代表生意很好吧？」

「才不是這麼一回事。」每次聽到外人根本不瞭解狀況說這種話，我就會很生氣，「我在家裡幫忙之後才知道，我爸真的超苦命，他吃了不少苦。並不是因為生意很好所以很忙，而是像這種小店如果不拚命做就會被淘汰，所以是窮忙。」

「……喔喔，嗯，我想也是。」

看到學長尷尬地移開了視線，我突然想到，剛才那句話不像是向來把夢想掛在嘴上的學長說的話。

「學長，你該不會在找正職工作？」我知道他最近已經沒有玩樂團了。

「是啊，但老實說很難，早知道應該去讀大學，即使是三流大學也無妨。」

「事到如今……」

我剛升上高三的時候，也曾經一度考慮去讀大學。雖然並沒有特別想學什麼，但哥哥說：「可以進了大學之後，慢慢發現自己的興趣。」所以我有點動心。當時，我曾經和學長聊了這件事，他冷笑著說：「沒有才華的人才會去讀大學。」當時我覺得學長簡直太帥了，後來才知道他是抄襲忌野清志郎的名言。

沒想到學長在十一年後為這件事感到後悔。看著學長垂著雙眼，用吸管玩冰塊的樣子，既感到同情，又有點生氣。我和學長不一樣——雖然我很希望可以這麼想，但找不到任何可以讓我這麼想的理由。

我開始感到鬱悶時，三明治剛好送了上來。我咬了一口雞蛋三明治，改變了話題。

「你說要讓我看一樣東西，是什麼？」

「喔，對了。」學長從托特包裡拿出一張黑膠唱片遞到我面前，得意地笑著問：「怎麼樣？你看過嗎？」

我接了過來，一看到封套上的字，立刻恍然大悟。

「這是哲伯伯的——」

「『The Marry's』的第二張唱片。」

樂團的四名成員分別擺出不同的姿勢，二十多歲的哲伯伯在最左側，抱著吉他，蹺腿坐在音箱上。狩獵帽和墨鏡的打扮和目前一樣，但一頭黑髮齊肩。

「我雖然知道樂團的名字，但是第一次看到唱片，連哲伯伯自己也沒有了，這是哪來的？」

「我最近常去南堀江的一家靈魂樂酒吧，向那家店借來的。那家店的老闆的唱片收藏量超豐富，除了靈魂音樂以外，也很喜歡搖滾樂和藍調。我問他認不認識一個叫笹野哲治的吉他手，他馬上就從架子上拿出這張唱片，聽說當年他們是夢幻藍調滾搖樂團。」

「你為什麼會向老闆打聽哲伯伯的事？」

「因為我看到他本人，不是會很在意，他當年到底是怎樣的吉他手嗎？你有沒有聽過他彈吉他？」

「沒有，即使曾經聽過，也完全不記得了。」哲伯伯在我七、八歲時放棄了音樂，「學長，你已經聽過這張唱片了嗎？」

「當然已經聽過了，我其實不太喜歡藍調這種很沉悶的音樂，即使是我——」學長抬眼瞪著我，「聽了之後也起了一身雞皮疙瘩。」

「啊？這麼猛嗎？」

學長也是吉他手，所以應該有這方面的鑑賞能力。

「他的滑音吉他超猛，酒吧老闆也說：『笹野哲治是滑音彈奏法的高手。』」

滑音吉他也稱滑音彈奏法，是彈奏吉他的彈奏技巧之一。雖然我身邊沒有人用這種方式彈奏，但曾經耳聞過。在手指套上名為滑音管的圓筒形道具，在弦上滑動彈奏。因為琴弦不固定在琴桁上，所以可以連續變化音程，這是演奏藍調和鄉村音樂必備的技術。

「既然你說得這麼好，那我也想聽看看。」我從封套中拿出唱片。

「好啊，借給你聽。」

「但我並沒有唱片機。」

「啊？那你下次來我家聽。」

學長探出身體，粗暴地拿起唱片封套，把正面朝向我，指著哲伯伯說：

「而且這把吉他也超厲害，是Gibson的L-5 CES。」學長彈的吉他雖然很普通，但在吉他方面的知識很豐富。

「我聽說他有一把引以為傲的名琴，會不會就是這一把？」

「而且是只有在一九六〇年代生產的Florentine cutaway，是超稀有的古董吉他。如果現在賣的話，差不多可以賣一百萬——不，狀態好的話可以超過兩百萬。」

「兩百萬?!」我小聲驚叫起來，一小塊蛋白從嘴裡噴了出來。

哲伯伯把這麼貴的東西丟進大海了嗎？果然只是外形相似的便宜貨——不，他不可能用這種吉他去拍唱片的封面照。

我一口氣喝完了餐後的冰咖啡，留下學長，獨自離開了「莉莉安」。

我快步走回店裡時，放在屁股後方口袋裡的手機震動起來。是哥哥打來的。

「健，你現在方便說話嗎？」哥哥在電話中問我。

「可以啊，有什麼事嗎？」

「中元節的時候，我會在十三日白天回家，你幫我跟媽說一聲。」

「好。」雖然我納悶何必特地打電話來說這種事，但還是這麼回答。

「還有，」哥哥停頓了一下說，「我想拜託你找一樣東西。」

「啊？什麼？」

「有一種汽水。」

「你是說飲料的汽水嗎？」

「對，就是飲料的汽水，你知道福屋汽水嗎？」

「福屋？不是三箭？」

「不是，是福屋汽水，以前東大阪有一家名叫福屋飲料的公司，在關西算是很夯的汽水，但差不多在四十年前，整家公司都倒了。」

「我怎麼可能知道這麼久以前的事？怎麼樣呢？」

「你聽我說——」

起初我覺得哥哥要我找的東西簡直莫名其妙，但在聽哥哥說明之後，就很受不了自己的無腦，為什麼我當時沒想到呢？

＊　＊　＊

晚上十點的突堤上沒有其他人。

這裡可以清楚看到神戶的夜景和南港海港城的燈光，雖然溼氣仍然很嚴重，但因為有風的關係，所以並不會太不舒服。

來到和上次相同的位置時，哥哥把紙袋輕輕放在地上。我沒找到哥哥要我找的東西，反而是他在東京找到了。我去了松蟲商店街的竹宮酒舖和其他好幾個有可能買到的地方，但一瓶也沒買到。

我從吉他盒裡拿出一把吉他。那是向學長借的一把很普通的木吉他。我直接盤腿坐在水泥地上，用調音器調音。雖然都是吉他，但這和貝斯吉他不一樣，我在用笨拙的手勢確認音程的同時問哥哥：

「你上次說的 hiatus 到底是什麼意思？」我用下巴指了指紙袋，「和這個有關係嗎？」

「有點關係，又沒有太大關係。」哥哥站在旁邊，注視著黑暗的大海。

「我查到的意思是，地球暖化暫時停滯的現象，所以有點搞不懂是什麼狀況。」

「如果查網路的話，最近好像都只會查到這個意思。」

「除此以外，還有其他意思嗎？」

「原本的意思是『斷層』，是地質學上經常用到的用語，翻譯成日文的話，就是『無沉積』，在沉積物中，如果沉積中斷的期間，就稱為斷層。」

「所以……是什麼意思？」我在思考的同時嘀咕道。

「在哲伯伯的沉積物中也有斷層，在二十年期間，曾經有過一年的斷層。」

「你的意思是說，有一年什麼也沒丟嗎？啊，該不會——」我只想到一件事，「你說的是 Gibson 的 L-5 CES？」

「喔，你連型號都知道，那個值多少錢？」

「我聽學長說，至少一百萬。」

「嗯，差不多吧。」

「什麼差不多。」我抬頭看著哥哥問，「所以哲伯伯沒有丟掉，而是賣掉了嗎？你怎麼會知道？」

「那把 Gibson 的吉他算起來是不是在你讀高一，我讀大四的時候丟的？你知道我們家的店在那時候差點倒閉嗎？」

「嗯，我大致知道。」

「爸媽應該沒有把詳細的狀況告訴你，但那時候的狀況真的很不妙。廚房內使用多年的機器都同時出問題，為了買新的機器，去貸款了一大筆錢，而且奶奶又剛好在那個時候因為腦梗塞病倒了。」

「嗯，媽媽那一陣子整天都在照顧奶奶。」

「店裡的生意受到了影響，但又必須還貸款，存款見了底，當時一度考慮要把店收掉。」

「──原來是這樣。」我嘆著氣說，「我完全不知道。」

「我當時打算讀研究所，但我並不打算讓爸爸出註冊費和學費，如果我說要申請學貸，爸爸一定不會同意，所以很可能會因為我的學費增加家裡的負擔。於是我打算先去補習班上一陣子班存錢，我記得是在大學四年級的秋天，剛好和哲伯伯聊到這件事。」

「喔──」聽到這裡，我也可以猜到之後的發展。

「哲伯伯當時對我說：『沒必要走不必要的彎路，錢的事，我會想辦法搞定。』隔週，他真的帶了錢給我。現金一百五十萬，還叫我『不要告訴你爸爸』，我騙爸爸說，因為我入學考試成績優異，所以註冊費和學費都可以減免，爸爸至今仍然以為是這麼回事。」

「所以你在『莉莉安』拿錢給哲伯伯，是還給他當時那筆錢嗎？」

「不，他從一開始就堅持『這筆錢不用還我』，還說：『你是傻子嗎？藍調吉他手怎麼會借錢給別人？只有向別人借錢，或是別人送錢給我們。』」

「那上次的是怎麼回事？」

「因為我見到了美嘉。」

哥哥終於在水泥地上坐了下來，輕輕抱著豎起的膝蓋，繼續說了下去。

「我當時就猜到，哲伯伯應該是賣了樂器，籌到了那筆錢。因為他不可能有存款，雖然我覺得他應該並不是因為沒有吉他，所以遲遲沒有重拾音樂，但一直對這件事耿耿於懷。

上個月的那天，我就約了他在『莉莉安』見面，然後把美嘉的事告訴了他。」

「哲伯伯說什麼？」

「什麼都沒說。」哥哥搖了搖頭，「只問了我一句話：『美嘉像不像道子？』」

我突然產生了好奇，「到底像誰？」

「眉毛的形狀和哲伯伯一模一樣，其他都像她媽媽。」

「那真是太好了，眉毛只要剃光就沒問題了。」

哥哥也瞇起眼睛，點了點頭，繼續剛才的話題。

「雖然我覺得他一定不願意收下，但在最後還是拿了三十萬給他。」

「你叫他去買一把好吉他嗎？」

「嗯，但他很生氣地說：『別做這種沒有意義的事』，堅持不肯把錢收下。」

「喔喔……原來是這樣。」所以學長沒有看到哲伯伯把錢退還給哥哥那一幕。

哥哥陷入了沉默，我把金屬滑音管套在左手小拇指上，彈著琴弦。

我彈的是在一九五〇年代很活躍的藍調吉他手埃爾莫爾．詹姆斯的〈Dust My Broom〉，這是滑音吉他手經常彈奏的名曲。但我只是彈奏前奏而已，我練習了一個星期，自認為還不錯。

當我反覆彈奏相同的樂句時，聽到突堤後方的柵欄發出聲響。是哲伯伯。他大叫著：

「好黑啊，我快掉進海裡了。」哥哥立刻拿著提燈去迎接他。

哲伯伯跟著哥哥走了過來，他點了一支菸說：

「你們的奶奶以前就常說，中元節的時候不要去海邊。」

「因為會有好兄弟出沒嗎？」哥哥用鼻子發出笑聲：「別擔心，我好幾次都在中元節期間去海底挖掘，從來沒有被好兄弟纏上。」

「科學家都太枯燥無味了。」

「我還算是浪漫主義者，因為在研究海底和湖底的泥巴時，還會想像古老的時代，你去看看那些用電腦模擬地球暖化的人，說話都直截了當，一點情趣都沒有。」

哲伯伯吐著煙，瞇眼看著兩個侄子。

「所以今天有什麼事？不是說有什麼禮物要送我嗎？」他瞥了一眼吉他，歪著嘴角說：「我有言在先，如果要送我吉他，那就不必了。」

哥哥拿起紙袋，遞到哲伯伯的面前說：「是這個。」

哲伯伯把紙袋裡的東西拿了出來。那是一個透明的空瓶子。他看到已經完全變色的標籤笑了起來，露出一口黃牙。

「你怎麼會有這個？」

「在海底撿到的。」

「別糊弄我。」

「上次見面之後，我去見了道子伯母，她告訴我說，你的滑音吉他不能沒有福屋的汽水瓶，如果沒有這個，就無法彈出你的音樂。」

哲伯伯的鼻子發出了短促的聲音：「你只要挖海底的泥巴就好，怎麼去挖別人的往事？」

「我不是說了嗎？」哥哥露出了無敵的笑容，「雖然我是研究人員，但其實很浪漫，而且正因為是研究人員，所以很有毅力。」

哲伯伯嘻嘻笑了起來，露出色迷迷的表情摸著下巴說：「話說回來，道子還記得這種事，是不是代表對我還有意思？」

滑音演奏法還有另一個別名，叫做瓶頸演奏法，因為以前的黑人藍調吉他手都是用酒瓶的瓶頸套在手指上彈奏，所以有了這個名稱。雖然現在大部分吉他手都使用市售的滑音管，但仍然有人喜歡用瓶頸。

哲伯伯就是其中一人，他在成為職業吉他手之前，就一直使用福屋汽水的瓶子。在福屋飲料倒閉時，他跑遍市區所有酒舖，買下了所有的庫存。

前年年底，我和他一起最後丟入這片大海的就是那些瓶子。那十瓶左右的滯銷庫存，是哲伯伯在吉他手時代蒐集的最重要演奏道具。

「我真的是費盡了千辛萬苦。」哥哥說，「健也跑了好幾家酒舖，但即使是歷史很悠久的酒舖倉庫內，也找不到這麼久以前的空瓶子。只不過這個世界上真的有各式各樣的收藏家，我得知東京有一個在這方面很有名的瓶子收藏家，向他說明了原委後，他願意割愛一個給我，據說是因為對瓶子的執著，讓他產生了共鳴。」

哲伯伯把香菸彈向大海，蹲在堤防邊緣。確認了水泥塊邊緣的角度後，握住了瓶頸，把瓶尖部分放在水泥塊上。

「喂，你要幹嘛？」

我驚叫起來，哲伯伯舉起汽水瓶，毫不猶豫地砸向水泥塊的邊緣。隨著玻璃碎裂的聲音，瓶身掉落大海。

「真是亂來。」我無奈地說。

「這樣最快。」

哲伯伯舉起了瓶頸，整個瓶頸都完整地保留了下來，他把凹凸不平的切口在水泥上嘎啦嘎啦磨了起來，然後對我們說：

「那是我從高中輟學，整天在彈吉他的時候。我在阿倍野的搖滾咖啡店喝咖啡，剛好聽到了某個藍調搖滾樂團的現場演唱。那個吉他手彈得太銷魂了，年紀和我差不了多少歲，滑音吉他彈得美不可言。他就是內田勘太郎年輕的時候。」

「道子伯母也告訴我了，」哥哥露出了笑容，「內田勘太郎目前還在第一線很活躍，和某人不一樣。」

哲伯伯只是用鼻子哼了一聲，頭也沒抬地繼續說了下去。

「我想要偷學他的技巧，所以只要那個樂團有演出，我就會去那家咖啡店，店裡的主顧告訴我：『他使用的滑音管是可爾必思的瓶子。』我一回到家就問我媽——也就是你們的奶奶：『家裡有沒有可爾必思？』奶奶說：『沒有。』結果從冰箱裡拿出了喝了一半的福屋汽水。我試著把小拇指伸進去，沒想到簡直變成了我身體的一部分，根本就是為我量身打造的。這就是所謂命運的邂逅——好，差不多了。」

哲伯伯摸著切口確認後，把瓶頸塞到我的手上。

「你套上去彈看看。」

「啊？我嗎？」

「你剛才不是在彈埃爾莫爾．詹姆斯的曲子彈得七零八落嗎？再彈一次看看。」

我把小拇指套進瓶頸，發現不大不小剛剛好。也許我手指的形狀和哲伯伯很像。我把瓶頸放在琴弦上滑動，彈奏了剛才那一小段音樂，的確變得很好彈奏，音質好像也變好了。

「哇，真不錯，你們不覺得聽起來彈得超棒嗎？」我問現場的兩名聽眾。

「沒有，和剛才差不多。」哥哥搖著頭。

「如果這樣就可以彈好，也未免太輕鬆了。」哲伯伯說著，伸出了右手，「好了，借我一下。」

我把瓶頸和吉他一起交給了他，哲伯伯盤腿坐在地上，抱著吉他，轉動著弦鈕。

「首先要調音，這和普通的彈法不一樣，所以要調成 open E。」

哲伯伯依次彈著六根琴弦，只靠聽力旋轉著弦鈕，小拇指靈活地伸進了瓶頸，立刻俐落地彈了起來。他彈的也是〈Dust My Broom〉。

哲伯伯才彈了第一個音，我就忍不住倒吸了一口氣。

瓶頸每次在琴弦上滑動，飽滿而複雜的音色就響徹周圍。像歌聲般的顫音和令人心曠神怡的不協和和弦，讓我忍不住懷疑自己的耳朵，難以相信是同一把吉他彈出的音色。激情又不失溫柔，而且充滿優美的指法，讓我這個男人也不由得覺得簡直太性感了。

在學長家裡聽哲伯伯以前發行的唱片時，就覺得哲伯伯的演奏很出色，但在現場聆聽時，真的起了一身雞皮疙瘩，難以想像他已經有二十年沒有彈吉他了。一旁的哥哥也瞪大了眼睛。

哲伯伯的演奏告一段落後，我才終於深深吐了一口氣，情不自禁地說：「太厲害了……」

「不行啦，手指不聽使喚。」哲伯伯揉著雙手。

「不，太嘆為觀止了。」哥哥深有感慨地說，「我會告訴美嘉——妳爸爸的吉他彈得太棒了。」

哲伯伯不發一語，又叼了一支菸，點了火。哥哥繼續說了下去。

「還要告訴她，你回答了那兩個問題。」

「什麼問題？」

「第一個問題，就是你對女兒有什麼看法？」

「哪有什麼看法，當然是世界上最重要的人。即使不在身邊，也可以覺得很重要。」

「第二個問題，你有沒有對此感到後悔？」

「當然很後悔，徹頭徹尾的後悔。」哲伯伯皺著眉頭，用鼻子噴著煙，「早知道是這種人生，還不如繼承魚板店。」

「什麼叫還不如繼承魚板店？」我忍不住在一旁插嘴說：「像你這樣的人根本沒辦法勝任魚板店的工作。」

我真的很生氣。不知道為什麼，最近對這種話很敏感。

「啊喲，阿健，」哲伯伯笑了起來，「你也越來越有笹野家次子的樣子了。」

「你看不起次子嗎？」我尖聲說道，「我告訴你，無論是我爸還是我——」

「不過呢，」哲伯伯打斷了我的話，「你至少要有一項像你爸爸那樣的成就再來說大話，起碼要做出像生薑蓮藕天婦羅那樣的商品，那真是人間美味，最棒的下酒菜。」

「……我當然知道。」

「現在店裡的炸魚板商品，有一半是你爸爸想出來的，無法成為商品的試驗品不知道是目前商品的幾倍，如果整天遊手好閒，根本追不上歷代笹野家的次子。」

雖然我很想反駁，但話卡在喉嚨說不出來，只有嘴脣微微顫抖。

「優──」哲伯伯轉頭看向哥哥，「剛才最後一個問題的回答是開玩笑。你告訴美嘉，人生本來就充滿了後悔，但即使這樣也沒有關係，藍調就是為此而存在。你有你的藍調，阿健也有阿健的藍調，美嘉有美嘉的藍調，我會開心地繼續我的藍調。」

「這種矯情的話，你可不可以自己去對她說？」哥哥有點高興地苦笑著。

哲伯伯嘿嘿笑著，在水泥地上捺熄了已經變短的香菸。

他重新拿著吉他，隨手彈著即興的創作。

我聽著哲伯伯彈奏的哀傷旋律，看著眼前的大海。我在黑色混濁的海面上看到了笹野魚板店褪色的布簾。

沒錯──我突然想到。那家店也在持續堆積，爺爺和爸爸五十五年份的淚水和歡笑，就像紋泥層一樣堆積。

也許只有我，比任何人更像笹野家次子的我才能夠繼續唱這首藍調。這麼一想，就覺得稍微消除了卡在喉嚨的疙瘩。

不一會兒，哲伯伯停下了手。

他抬起頭，用好像對大海遠方的人訴說般的溫柔聲音說：

「那接下來就來一首羅伯・強生。」

哲伯伯的藍調融化在大阪的大海中。

外星人飯館

「啊！」坐在吧檯角落座位的鈴花叫了起來。

身穿睡衣的她停下正在寫數學習題的手，看向門口的方向。看到汽車車頭燈的燈光掃過拉門上的毛玻璃，她立刻從椅子上跳了下來。

謙介看向牆上的時鐘。八點四十五分。今晚也很準時。只有三張餐桌和吧檯的小店內沒有其他客人。

拉門無聲地拉開了，「昴宿小姐」腋下夾著筆電走了進來。「昴宿小姐」是鈴花為她取的綽號，謙介覺得她只是很普通的日本女人。鈴花神色緊張地拉著謙介的圍裙。

「歡迎光臨。」

昴宿小姐聽了謙介的招呼聲也完全沒有反應，坐在進門後左側那張桌子旁。那是她的固定座位。她背對著牆壁坐了下來，打開了筆電。

謙介拿著冰水走向她的座位。謙介上個月過了四十一歲的生日，覺得她的年紀應該和自己差不多。她身材高䠷苗條，一頭齊肩的黑髮用橡皮圈綁了起來，白襯衫外穿著黑色開襟衫，搭配灰色長褲，從她注視著筆電螢幕的那雙細長的眼睛中無法解讀到任何感情。謙介仔細觀察她之後，覺得能夠理解鈴花為什麼會對她產生奇怪的妄想。

昴宿小姐聽到謙介放下杯子的聲音後抬起了頭，完全沒有看牆上和桌上的菜單，用沒有起伏的聲音說：

「我要一份炸竹筴魚定食。」

「炸竹筴魚——」

雖然謙介複述了一次，但其實沒這個必要。因為今天是星期一。

昴宿小姐在非假日晚上幾乎每天光顧至今已經三個月，她都會準時在八點四十五分出現，然後點固定的餐點。星期一是炸竹筴魚，星期二是味噌煮鯖魚，星期三是薑燒排骨，星期四是生魚片，星期五是豬肝炒韭菜。這三個月以來，她一直都是按照這樣的方式輪流吃這五種定食。

鈴花最先注意到這個規律。雖說是自己的女兒，但謙介覺得小學三年級的學生具有這種觀察能力很厲害。鈴花說，這個女人第一次來店裡時，她就覺得有點奇怪，所以就一直注意觀察。

謙介也在之前就覺得這個客人有點與眾不同。理由很簡單。因為她從來沒有點過主廚特餐。

這家「昌隆食堂」的最大賣點，就是晚餐時段推出的主廚特餐。主廚特餐使用了當令食材，在經典的烹飪方法基礎上發揮了創意，提供給老主顧。說實話，含稅九百圓的價格幾乎沒什麼利潤，但謙介覺得如果每天只是供應固定的菜色，還不如趁早收掉這家定食小飯館。

主廚特餐很受好評，晚餐時段來飯館的客人大部分都是為此而來。謙介一個人能夠張羅的餐點份量有限，經常在八點之前就賣完了。老主顧都知道這一點，所以八點半之後，幾乎不會有客人上門。

昴宿小姐通常都是飯館的最後一個客人。如果主廚特餐還沒賣完時，就會把寫了〈本日主廚特餐〉的小黑板放在吧檯上，但她從來沒有點過。今天晚上的主廚特餐是〈鹽烤秋刀魚（用香味醬汁醃製）、什錦秋季根莖菜、山藥豆飯、蕈菇湯、納豆〉，還有一份可以供應。

昴宿小姐點的定食內容是炸竹筴魚、和主廚特餐相同的什錦根莖菜、飯、味噌湯和醃菜。謙介把這五道飯菜放在托盤上，送到昴宿小姐面前。她立刻收起筆電，在桌子上騰出了空間。

昴宿小姐合起雙手，小聲地說了一聲「開動了」。雖然她面無表情，但吃飯的樣子很優美。她默默地動著筷子，完全沒有看手機。

鈴花踮起腳，從廚房和吧檯之間探頭觀察著昴宿小姐。昴宿小姐專心看著眼前的餐盤，完全沒有察覺鈴花的視線。

她像往常一樣，花了三十分鐘左右吃完了。謙介確認她合起雙手說「謝謝款待」後，走過去收拾餐盤。她再度打開了電腦，邊喝煎茶，邊在電腦上打字。這也是她每天的習慣。

「啊喲！」謙介拿著托盤回到廚房時，鈴花嘟著嘴說：「如果不趕快，她要走了啦。」

「我知道。」

謙介輕輕嘆了一口氣。他拿起店裡用的大茶壺，走向昴宿小姐的桌子。

謙介準備為她的茶杯加煎茶時，她驚訝地抬頭看了謙介一眼。可能是因為平時並沒有提供加茶的服務。

「請問——」謙介下定決心開了口：「可以打擾一下嗎？」

「有什麼事嗎？」昴宿小姐把手放在鍵盤上問，雖然臉上沒有笑容，但並沒有警戒的感覺。

謙介也不擅長笑臉對人，他知道自己目前也微微皺著眉頭。

「其實——」謙介在開口之後畏縮了，因為她注視自己的眼神很認真，「也許妳已經知道了，本飯館每天都供應主廚特餐。」

他準備指向吧檯的黑板時，和鈴花對上了眼。鈴花瞪著他，似乎在責備他磨磨蹭蹭。先別著急。他用眼神對鈴花說。大人的對話都有先後順序。

「對，我知道。」昴宿小姐不慌不忙地回答。

「這是本飯館的大力推薦，下次有機會，請妳務必品嚐一下。」

昴宿小姐凝視黑板片刻後說：「好，有機會的話。」

大人的對話就這樣畫上了句點。昴宿小姐喝了一口煎茶，拿起皮夾站了起來。

謙介感受到鈴花瞪著自己的視線，在收銀台接過千圓紙鈔，找了零錢。鈴花看著昴宿小姐夾著電腦準備走出去時，用力拉著謙介的圍裙叫了一聲：「啊喲！」

「不好意思，」謙介不假思索地脫口叫住了她，「我可以再請教一個問題嗎？」

昴宿小姐把手放在拉門上，轉頭看著他問：「什麼問題？」

「請問……妳住在這附近嗎？」

謙介的屁股被鈴花拍了一下。說了「再請教一個問題」，卻問這個問題，的確會讓鈴花失望。

「嗯，這要看對『附近』的定義。」昴宿小姐在回答時臉上沒有笑容，「我沒有測量過從這裡到我家的正確距離，但以感覺來說，走路回家會有點累，開車的話，一下子就到了，差不多是這樣的距離。」

她獨特的表達方式讓人分不清到底是拒人千里，還是算親切。她果然不是普通人。

「——原來是這樣。雖然這變成了第二個問題……請問妳是做什麼的？我是說，妳是做什麼工作？」

「問這個問題有什麼目的嗎？」昴宿小姐微微皺起眉頭，「如果有必要，我當然樂意回答。」

「不，並不是有必要……該怎麼說，那個……」

謙介語無倫次起來，鈴花在一旁大聲地說：

「昴宿星！」

「喂，鈴花。」

「是不是昴宿星！妳是不是住在昴宿星上？」

鈴花抓著隔板，對著昴宿小姐說。她的個性可能像她媽媽，雖然一開始忸忸怩怩，但只要下定決心，就會大膽行動。

「昴宿星——」昴宿小姐對著鈴花問：「妳是說昴星團嗎？」

鈴花微微偏著頭，謙介也聽不懂她在說什麼。

昴宿小姐不發一語地打開拉門，沒有關上門，就走去店門前的停車區域，抬頭看著天空走了幾步，停了下來。然後轉頭看向飯館，向他們招了招手。

謙介和鈴花互看了一眼，鈴花輕輕點了點頭，抓住了謙介的圍裙，然後拉著謙介一起走出飯館。

昴宿小姐指著面對馬路偏左的方位——東南方向的天空。

十一月的夜空很清澈，可以清楚看到星星。筑波市的市中心有許多高大的建築，但這裡位在北郊，周圍幾乎都是農田和民宅，所以可以看見整個天空。

「那裡有許多星星，看到了嗎？嗶嗶嗶嗶嗶——」昴宿小姐微微動著食指說，「差不多有五顆左右。」

鈴花找了一下，但最後搖了搖頭，謙介也沒有看到。

「那妳知道獵戶星座嗎？」

「知道。」鈴花指著位在低空的星座。

「在獵戶星座的正中央，不是有三顆星星嗎？呈一直線的三顆星，再往右上方的方向延伸——」

「啊！」鈴花叫了起來，「看到了！」

「是不是？可以看到嗶嗶嗶嗶嗶。」

「嗶、嗶、嗶、嗶、嗶、嗶、嗶，」鈴花在說話的同時扳著手指，「總共有七顆！」

「七顆——妳的視力真不錯。」

「到底在哪裡？」謙介瞪大了眼睛，卻完全找不到。

「那就是昴宿星團，」昴宿小姐不理會謙介，繼續說了下去，「日本也稱為昴星團。雖然肉眼只能看到幾顆而已，但其實有一百多顆恆星聚集在一起，所以並不存在單獨的昴宿星。」

鈴花抬頭看著昴宿小姐愣著那裡，臉上的表情看起來有點害怕。也許鈴花內心的妄想變成了確信。

「但是，」昴宿小姐問，「妳為什麼覺得我住在昴宿星上？」

鈴花向後退了半步，緊貼在謙介身旁，似乎在向他求助。

「——不好意思，」謙介在無奈之下只好回答說，「這孩子最近說一些奇怪的話，說什麼地球上住了很多名叫昴宿星人的外星人，好像是她向同學借的漫畫上寫了這些內容。」

「才不是漫畫，」鈴花小聲反駁，「是一本名叫《很可怕的宇宙秘密》的書。」

「所以妳覺得我也是昴宿星人。」昴宿小姐面不改色地說。

「昴宿星人和地球人長得一模一樣，」鈴花說，「妳每天來我們飯館，調查地球人吃什麼東西，然後記錄在電腦上——」

「喂！」謙介慌忙捂住鈴花的嘴，「真的很抱歉，她竟然說這麼失禮的話。」

「不過，」昴宿小姐看了看謙介，又看著鈴花說：「我認為應該有理由，妳應該有什麼理由才會認為我是外星人。」

昴宿小姐不解地摸著下巴，鈴花說：

「因為我看到了。」

「看到什麼？」昴宿小姐問。

「昨天傍晚，在神社前，妳對著天空叫『喔咿』。那時候飛過天空的黃色光，是妳同伴的飛碟吧？」

正確地說，是這麼一回事。昨天——星期天傍晚五點半左右，鈴花從同學家回來的路上，在附近的鹿沼神社前看到了昴宿小姐。她把車子停在路旁，站在車子旁仰望著太陽已經下山的天空。鈴花悄悄地走過去，順著昴宿小姐的視線望去，發現有一道黃色的光劃過天空。雖然不知道鈴花有什麼根據，但她堅稱「那絕對不是飛機」，而且她說昴宿小姐對著那道光叫「喔咿」。

即使聽了鈴花莫名其妙的推論，昴宿小姐仍然面不改色，反而好像恍然大悟地點了兩次頭說：「原來是這樣，這樣的推論很合理，而且妳剛才說的話也都是事實。」

「都是事實——」謙介驚訝地向她確認，「該不會連飛碟也是？」

「這個嘛，」昴宿小姐仍然注視著鈴花，「雖然並不是飛碟，昨天的那個是太空船。」

「果然——」鈴花抓著謙介圍裙的手更加用力。

「我雖然不是昴宿星人，但我真的是外星人。」

謙介可以察覺到鈴花倒吸了一口氣，昴宿小姐看到鈴花緊張的樣子，第一次露出了笑容。

「我當時看的是ＩＳＳ——國際太空站。」

「太空站？」鈴花瞪大了眼睛。

「太空站在四百公里的高空繞地球旋轉，有太空人在裡面，所以可以認為也是一種太空船。」

「有辦法用肉眼看到嗎？」謙介在一旁問。

「當然必須視當時的軌道而定，時間差不多都在黎明時分或是傍晚，可以看到黃色的光從天空飛過。」

「可能會誤認為是飛機。」

「感覺不太一樣，因為不會有像飛機那樣的紅光或是綠光，也不會有轟轟的聲音，而是靜靜地飛過天空，所以——」

昴宿小姐看著鈴花，對她點了點頭。

「妳認為那道光是特別飛行體的觀察極其正確。」

鈴花開心地左右搖晃著緊握的圍裙。

「但是——」鈴花開了口，似乎在掩飾自己的害羞，「即使妳在地面上叫『喔咿』，太空人也聽不到啊。」

「的確聽不到，但這並不重要，只要想到有人在那裡，在太空工作，就忍不住想要打招呼。」

「我希望可以再次仔細看清楚。」

昴宿小姐聽了鈴花說的話，立刻站在那裡打開電腦，滑動手指，不知道在查什麼。

「ＪＡＸＡ的網站上會公布國際太空站軌道的相關資訊，只要上那個網站，就可以查到什麼時候會經過這裡的上空。」

謙介也知道ＪＡＸＡ，那是太空相關的研究機構。筑波也有名為筑波太空中心的設施，昴宿小姐是在那裡上班嗎？但是，住在這附近的都是老舊社區，來自外縣市的研究人員和技術人員都在市中心——也就是研究學園地區——過著都會的生活，照理說不會來這種偏僻的地方，店裡的老主顧也都不是這種客人。

「明天的條件也很理想，應該可以觀測到，而且天氣似乎也不錯。」昴宿小姐說完，看著謙介問：「準備好了嗎？」

「什麼？」

「要不要寫下來？」

「喔，喔喔。」謙介慌忙在圍裙口袋裡拿出便條紙和很短的鉛筆，撕下用潦草的字寫著〈味醂、白味噌、青江菜〉的第一頁揉成一團，對昴宿小姐說：「請說。」

「明天十一月十六日，觀測地筑波，十七點二十四分三十秒開始出現在南南西的天空，抵達最大仰角——也就是天空最高位置的時間是——」

謙介用潦草的字寫下了昴宿小姐淡淡地唸出來的時間和方位，鈴花探頭看了之後說：

「你寫錯了，最後的不是北北東，而是東北東。」

「喔，對喔。」

謙介改過來之後又複述了一次，昴宿小姐滿意地闔上了電腦。鈴花從謙介手上搶過便條紙，雙眼發亮地唸了起來。

「妳該不會——」謙介問：「是太空中心的研究員？」

「不，」昴宿小姐搖了搖頭，「我雖然不是研究員，但我在高能量加速器研究所工作。」

「喔，就在國道旁。」

謙介指著南方說道。那個研究所就在從這裡往市中心的方向數公里的地方，有一大片空間，門口還掛了招牌。

「我完全猜不透那裡是研究什麼的地方。」謙介勉強揚起了嘴角。

「有各項研究計畫在進行，我研究的是基本粒子物理學。」

「基本粒子是什麼？」鈴花立刻問道。

「基本粒子的『基本』就是『最根本』的意思，粒子就是小顆粒的意思。」

昴宿小姐在確認鈴花的表情後，補充說明起來。但那似乎並不是基於親切，和剛才昴宿星團的問題一樣，她似乎不喜歡別人對科學問題產生誤解。

「比方說，以這部電腦來說，」昴宿小姐用指尖敲了敲電腦的銀色表面，「這是名為鋁的元素的粒子——稱為原子——規則排列形成的。」

「吸鐵石不能吸鋁。」鈴花得意地插嘴說。

「對，原子由電子、質子和中子組成，質子和中子可以繼續分解成夸克。」

「夸克——」鈴花茫然地重複著，謙介聽到一半，也完全投降了。

「雖然夸克有好幾種類，但目前認為無法繼續分解。像夸克一樣，構成物質的粒子稱為基本粒子。」

「所以……」鈴花有模有樣地露出沉思的表情說：「妳在研究世界上最小的東西嗎？」

「對，同時——」昴宿小姐微微挑起眉毛說，「也在研究世界上最大的東西。」

「啊？」鈴花瞪大了眼睛，「世界上最大的東西是……？」

昴宿小姐揚起尖下巴，望著夜空說：

「宇宙啊。」

＊＊＊

凌晨一點多的國道上沒什麼來往的車輛。

寬敞的四線道國道上幾乎沒有號誌燈，也沒有路燈，左右兩側的黑暗都是農田。當前方看不到車燈時，會陷入一種錯覺，以為闖入了正在建造的高速公路。

雖然漸漸可以看到一些民宅，但窗戶的燈光都暗了下來。在過了號誌燈之後，道路右側是高大的樹籬。樹籬後方就是高能量加速器研究所。

謙介握著方向盤，用下巴指了指那個方向，對坐在副駕駛座上的鈴花說：

「她工作的研究所就是這裡。」

「——是喔。」

鈴花小聲地說。她在睡衣外套了一件刷毛外套，不知道是不是因為冷的關係，她的雙手塞在大腿和座位之間。謙介打開了暖氣的開關。

「好大啊。」鈴花看著望不到盡頭的樹籬說，從外面看不到研究所的建築物。

「我之前在新聞中看到，這裡的地下都埋著實驗使用的大型機器。」

「——是喔。」

鈴花輕聲回答。謙介看著她的側臉，她目前看向窗外的，是她只有在深夜才會露出的眼神。她好像在看風景，但並不是在看風景，而是像在看並非這個世界的景象。謙介有時候覺得，雖然鈴花平時都表現得很開朗，但也許這才是她真正的表情。

謙介原本就有預感，今天晚上可能又要出來兜風。因為晚上和昴宿小姐聊了那些話。

最初是在鈴花升上二年級的時候，所以至今已經一年半了。鈴花在自己房間上床睡覺後，半夜會起床說：「我睡不著。」

每個星期會有兩、三次這種情況，也曾經連續四天都半夜起床。只要白天曾經發生一點小事，她晚上就會睡不著。即使謙介覺得根本沒有發生任何事，但鈴花內心一定有謙介所不知道的事。

一旦遇到這種情況，就只有一種方法可以讓她睡覺。那就是帶著她坐上小貨車，在寂靜的街頭兜風。只要兜風將近一個小時，鈴花通常就會打呵欠。看到她打呵欠之後再回家，她就會乖乖躺回床上閉上眼睛。這是謙介在試了各種方法後找到的處理方法。

謙介當然知道這樣不行，也知道必須找出失眠的原因，消除失眠的原因，只是他還沒有決定具體該怎麼做。

如果望美在的話會怎麼做？他發現自己在無意識中想像這個問題，忍不住自嘲，更何況如果望美活著，就不會發生這種事。

今年五月，老師曾經來家庭訪問。他們是父女相依為命的單親家庭，接任鈴花班級的新任班導師，一副「我會花時間好好觀察你們家庭」的態度坐在門口。謙介覺得應該把這件事告訴老師，班導師聽了之後，一副同情的樣子，連續點了好幾次頭說：「首先和學校的心理輔導師談一下，如果有必要，可以請心理輔導師介紹理想的醫院。」

但謙介遲遲沒有採取行動。暑假之前，班導師曾經打電話來問後續的情況，謙介回答說：「我打算再觀察一下。」然後就掛上了電話。

他知道這樣的態度不太好，但仍然覺得心理輔導師和醫生不可能瞭解女兒，而且他對班導師認定鈴花是心病造成失眠也很反感。

望美去世至今已經四年，謙介努力父代母職，希望可以成為稱職的父親，希望女兒不會感到寂寞。如果望美還在，不知道該有多好——雖然沒有一天不這麼想，但他在望美的遺像前也沒有說任何洩氣話，一路堅持至今。他覺得自己的努力好像遭到完全不瞭解狀況的外人否定，所以覺得很不爽。

但是——謙介悄悄嘆了一口氣。也許不能再繼續逞強下去了，鈴花最近的興趣愛好漸漸向奇怪的方向發展。她的書桌上經常放著一些不知道從哪裡借來的魔法、靈異或是奇怪現象的書籍，昴宿星人的事也是如此。

雖然鈴花目前正處於對神秘現象感到好奇的年紀，但謙介總覺得她太入迷了。前幾天，他不經意地看了一眼鈴花放在客廳的平板電腦，看到她查「輪迴轉世」、「重生」的網站。想到自己在店裡忙的時候，鈴花一個人在調查這種事，在感到背脊發冷的同時，更感到痛苦。

鈴花也許是基於某種對現實的逃避，腦海才被這種妄想占據。難道對鈴花來說，現實這麼痛苦嗎？讓她想要逃去不是這個現實的另一個地方嗎？

小貨車在路口右轉，進入學園西大道。從這裡駛向筑波車站的方向是這幾個月來的固定兜風路線。右側那一片是土木研究所，左側不時可以看到店家或是公司的辦公樓，但只有便利商店燈火通明。

「爸爸稍微查了一下。」謙介假裝若無其事地提起這件事。

「——查什麼？」

「好像有些醫院專門解決睡不著的問題，這附近也有。」這並不是去精神科或是身心科——他在內心對鈴花和自己辯解著。

「喔。」

「要不要去看一下——」

「我不去。」鈴花打斷了他，「我又沒生病，而且身體很健康。」

「但如果是生病的前兆，不是很傷腦筋嗎？所以——」

「不要，我絕對不要。」

謙介猜到鈴花會有這樣的反應。無論是小兒科或是牙醫，鈴花向來都不喜歡去任何有醫院這兩個字的地方。

這也不能怪她，因為這四年期間，她在瀰漫著消毒水味道，格局都很相似的醫院病房，相繼送走了母親和外婆——這個世界上最疼愛她的兩個人。在鈴花眼中，醫院就是會死人的地方。

高大的公寓和大樓進入了視野。他們已經來到研究學園地區的中心。從單側增加為三線道那一帶開始，風景有了很大的變化。從新舊交錯的無秩序鄉下城鎮，漸漸變成了冰冷整齊，缺乏生命力的街道。

在路口左轉後，進入學園中央大道。駛過飯店和立體停車場之間，右側是公車總站，左側是中央公園。筑波車站就在地下，謙介在前方的人行陸橋前，把小貨車停在路肩。

鈴花不等謙介熄掉引擎，就打開了車門。每次來到這裡，鈴花就想下車走一走。

謙介也一起下了車，像往常一樣從公園經過無障礙坡道，來到人行陸橋的橋頭。這座跨越六個車道的人行陸橋很長，寬度也有十公尺左右，在開發這一帶時建造了這座陸橋，所以設計也很現代化。地上都鋪了磁磚，和鋁製的欄杆形成了緩和的拱形。

人行陸橋上沒有其他人影，陸橋的另一端是購物中心和飯店，僅存的燈光映照出建築物的輪廓。這裡雖然是筑波最繁華的地區，但這個時間已經陷入一片寂靜，只有橋下偶爾傳來車輛經過的聲音。

鈴花走在數公尺前方，在橋的正中央停了下來。走到欄杆旁，抓住欄杆最上方，踮起了腳。鈴花很喜歡從這裡眺望深夜的街道。

謙介也走到她身旁，把手肘架著欄杆，倚靠在欄杆上。

下方是像飛機跑道般筆直的道路，兩側等間隔的黃色燈光就像是引導燈。看向左側，是一片相同形狀的公寓，將視線轉向右側，看到好幾棟辦公大樓。

無論什麼時候看，都覺得眼前這片景象遠離了現實，好像是在另一個地方建造了整個街道，然後放在這裡的農田中央。站在這裡眺望，會陷入好像在做夢般的錯覺。

「我覺得——」謙介注視著大樓屋頂的紅色燈光說，「我們就像是外星人。」

鈴花轉過頭，抬頭望著他。

「——為什麼？」

「妳不覺得像這樣站在這裡，簡直就像是從其他星球來到這裡嗎？」

「不會啊。」鈴花冷冷地說。

「妳想像一下，我們是鄉下星人，從鄉下星搭著破爛的太空船小貨車號，來到這顆筑波星。」

「什麼跟什麼啊。」

「為了避人耳目，我們悄悄在深夜降落，打開太空船的門，然後看到了筑波星首都的景色。爸爸現在體會著這種鄉下星人的心情。」

「簡直莫名其妙。」鈴花的嘴角終於露出了笑容，「你又不是第一次看到這片風景。」

「——對喔。也對。」

謙介露出了微笑，仔細回味著自己說的話。

謙介和鈴花是單獨來到這顆星球的兩個外星人。

這麼一想，就覺得很符合自己父女的情況，也覺得可以合理解釋自己內心那種難以形容的寂寞，和父女兩人相依為命的不安。

謙介出生在山梨縣，在石和溫泉的溫泉街長大。父母在他懂事之前就離了婚，母親在旅館當房務員，獨自把謙介養育成人。他在高中畢業後去了東京，進入了廚師學校。他讀的是夜間部，白天在學校介紹的餐廳打工，賺取學費和生活費。當他考取廚師執照後，進入日本橋一家高級日本餐廳工作。他在餐廳默默工作七年，終於成為廚師，正打算回到石和，找一家旅館的廚師工作時，母親因為蜘蛛膜下腔出血突然離開了人世。

主廚很關心孤獨無依的謙介，說想要為他介紹一個年輕女生，還特別聲明不必視為相親，硬是把他拉去銀座的一家餐廳，在那裡見到的就是望美。她是主廚多年老友的獨生女，和謙介同年。望美的父親已經離開人世，但生前在筑波開了一家小壽司店。

第一次見面時，謙介覺得望美忸忸怩怩，不知道她在想什麼。雖然既稱不上漂亮，也不算可愛，但微笑時的酒窩吸引了他的目光。望美也覺得謙介臉上的表情分不清是覺得無趣還是緊張。約會了兩次之後，望美知道原來那就是謙介平時的表情後，開始滔滔不絕地和他聊天，簡直就像變了一個人。交往不到一個月後，望美就約他一起去箱根旅行，還在那裡住了一晚。

謙介不需要絞盡腦汁找話題，望美也會一個人說不停，一個人放聲大笑。雖然她不拘小節，但也不會挑剔謙介。他們並沒有愛得轟轟烈烈，但他覺得應該可以和望美一起生活數十年。

一年之後，在他們三十歲那一年結了婚。他們只邀請了親戚，在神社舉辦了簡單的婚禮。他們原本並不打算舉辦婚禮，但主廚不同意。他說是代替死去的老朋友張羅這一切，去拜託了熟識的神社，還包下了整家餐廳，為他們準備了婚宴。

他們在西葛西的公寓開始了新婚生活，兩年後生下了鈴花。他們沒有任何不滿和不安，一起夢想著有朝一日，夫妻一起開一家小飯館。

在鈴花剛滿三歲時，發現望美得了乳癌。發現時已經擴散到淋巴節和骨頭，醫生說，已經無法動手術。謙介聽了之後感到絕望，但望美仍然沒有失去她的開朗。不，她應該只是覺得不能失去，其實內心努力對抗絕望。這一切都是為了鈴花。

開始治療之後，他們經過討論，決定搬去望美位在筑波的娘家。因為需要岳母協助照護望美和照顧鈴花，岳母獨自住在老舊的獨棟房子，一樓有一半是已經歇業的壽司店店面，但家裡有足夠的房間。謙介向主廚說明情況後辭了職，一家三口搬去了筑波。

望美在大學醫院接受藥物療法的治療，謙介開始在外送便當店的廚房工作。雖然薪水不高，但工作時間也很短。岳母盡心盡力照顧女兒和外孫女，年幼的鈴花也學會在各方面忍耐。雖然大家都很努力，但事態並不見好轉。

和病魔奮戰了兩年，看不到任何希望，望美的體力和精力一路下滑，於是謙介下定了決心，他決定利用棄置的一樓店面，改造成供應定食的小飯館。夫妻兩人一起開飯館也是望美的夢想，只要告訴她自己踏出了第一步，或許可以創造奇蹟。

他花了半年的時間，自己動手重新裝潢了店面，購買了二手的烹飪器材和餐具，借用了岳父「昌隆壽司店」的招牌，將小飯館取名為「昌隆飯館」。

當他在病房內把飯館的名字告訴望美時，她難得發出了笑聲說：「這個名字太普通了。」然後又接著說：「雖然飯館的名字很不起眼，但要讓客人吃了餐點後驚為天人，因為我想在客人面前炫耀，我老公以前在日本橋的餐廳學廚藝。」謙介之所以不計成本推出主廚特餐，就是因為一直牢記望美說的這句話。

但是，望美還來不及看到謙介站在「昌隆飯館」廚房內的身影，就離開了人世，剛好在「昌隆飯館」預計開張營業的一個月前。

說句心裡話，謙介無法想像當時只有五歲的鈴花如何接受母親死亡這件事，也可能她至今仍然沒有接受。望美死後半年左右，鈴花絕口不提母親的事。

謙介也無法整天陷入悲傷。因為忙著照顧鈴花，飯館延遲了三個月才終於開張，他必須讓飯館的經營步上軌道，但現在回想起來，覺得當時給自己的壓力太大了。也許是想藉由沒時間胡思亂想，來保護自己的心。

謙介在那段日子整天忙得不可開交，但岳母好像一下子老了好幾歲，雖然她還是很疼愛鈴花，但幾乎都躲在自己的房間不出門，導致多年的糖尿病惡化。失去女兒的悲傷和糖尿病帶走了她的抵抗力，在望美死後兩年的冬天，她的感冒遲遲不見好轉，引發了肺炎，就這樣離開了人世。

謙介在沒有親戚，也沒有朋友的這個地方，和鈴花兩個人相依為命——

「差不多該回家了。」他把鈴花外套的拉鍊拉到下巴。

「——嗯。」

鈴花點了點頭，謙介伸出左手，鈴花順從地握住了他的手。父女兩人已經好久沒有牽手了。

他們不發一語，沿著人行陸橋緩緩往回走。左手握住的溫暖和以前的感覺稍微不一樣了。鈴花的手的確長大了，當年那雙小得難以置信的小手，在不知不覺中變得這麼大了。

謙介突然想到和望美的最後一次談話。那是十二月九日的夜晚，病房內只有他們夫妻兩人。

望美看起來好像睡著了，然後就像是在夢囈般叫了一聲：「老公。」她因為服用抗癌劑而浮腫的臉朝向天花板，閉著眼睛，只有嘴唇在動。

「——鈴花是不是在哭？」

「鈴花沒有來啊。」謙介告訴她。

「——她想喝奶嗎……還是尿布溼了……」

不知道她是不是夢到了鈴花還是嬰兒時期的事？還是鎮靜劑讓她出現了幻聽？

「好，那我去看看。」謙介決定配合她說話，「我抱著鈴花，妳不必擔心。」

望美聽了之後，安心地點了點頭，再度陷入了熟睡。之後進入昏睡狀態，兩天後，靜靜地停止了呼吸——

望美，妳看，鈴花長這麼大了。妳看，妳看啊——

正當他忍不住想舉起握住鈴花的手時，鈴花叫了起來。

「爸爸，你看。」

鈴花指著父女兩人映照在眼前路面上的影子。那是裝在人行陸橋的欄杆上的燈光映照的影子，一大一小兩個黑色人影牽著手。

「是不是很像外星人？」

「真的欸。」

也許是因為光線的關係，兩個影子的頭都看起來特別大。

「我們是、外星人。」謙介學著外星人說話的聲音，左右微微搖晃著腦袋，影子的腦袋也動了起來，鈴花哈哈大笑。

外星人父女牽著手，繼續走在路上。

＊　＊　＊

「電腦是用夸克做的。」

鈴花看著放在桌子角落的筆電，好像在確認般說道。

「正確地說，是夸克和輕子構成的。」昴宿小姐用筷子撥開味噌煮鯖魚的同時回答，「輕子也是一種基本粒子，電子也屬於一種輕子。」

「輕子——」鈴花一臉嚴肅的表情重複後繼續問：「那有生命的東西是什麼構成的？」

「一樣啊，也是夸克和輕子，這份美味可口的鯖魚也是——」昴宿小姐夾起一塊魚肉，「鮪魚和豬，妳和我都一樣。不光是有生命的東西，像是這張桌子、椅子，杯子和水，這個世界上所有的物質，所有的一切全部都是由夸克和輕子構成的。」

「所有的一切全部都是……」鈴花一臉茫然的表情，環顧沒有其他客人的店內。

謙介在廚房內聽著她們聊天，忍不住露出了笑容。因為夸克、基本粒子這些單字和這個老舊的飯館很不相襯，他不由得感到很好笑。

話說回來——他把食材放進冰箱時想到，科學家真的太乏味了。無論鮪魚、鯖魚還是豬肉，歸根究柢，都是相同的元素構成的——在科學上也許是這樣，但在飯館說這種話，讓人不知該說什麼。自己身為廚師，努力鑽研，發揮每一種食材的個性。

想到這裡，他突然意識到，昴宿小姐是不是因為覺得無論吃什麼，基本粒子都一樣，所以才輪流點相同的定食——

謙介在廚房和吧檯的交界處探出頭叫了一聲。

「喂，鈴花，有問題晚一點再問，不要打擾阿姨吃飯。」

「我無所謂。」

昴宿小姐說，鈴花一臉得意地揚起下巴。謙介向昴宿小姐鞠了一躬說：「對不起。」

今天傍晚時，的確清楚地看到了太空站。謙介也暫時放下廚房的準備工作，和鈴花一起等待太空站出現。當黃色的光在昴宿小姐所說的時間準時出現在南方的天空後，花了數分鐘的時間慢慢劃過天空，消失在東方的天空中。鈴花也像昴宿小姐說的那樣，拚命跳起來揮動雙手，向離去的光大聲叫著「喔咿，喔咿」。

昴宿小姐像往常一樣走進飯館後，鈴花迫不及待地興奮向她報告，然後就坐在她的桌子旁問了許多問題。

鈴花注視著持續動著筷子的昴宿小姐問：

「好吃嗎？」

「好吃，非常好吃？」

「妳為什麼每次都吃相同的定食？星期一是這個，星期二是那個。」

「喔喔……」昴宿小姐皺著鼻子回答，「因為如果不這樣決定，就會有選擇障礙。我來這裡的時候，還沒有擺脫研究模式，無法思考其他問題。」

「不會膩嗎？」

「這裡的餐點完全不會讓人生膩，無論哪一種定食都很好吃，但來這裡差不多三個月了，我也打算重組新的輪流陣容。」

「妳是聽誰介紹我們這家飯館？」

昴宿小姐把嘴裡的食物吞了下去，搖了搖頭說：「我是自己找到的。我每次去一個新的地方，都會找一家絕對不會出錯的餐廳。這次有點麻煩，花了好幾個月才找到這裡，但對我這種漂泊人來說，這是超重要的事。」

「漂泊人是什麼意思？」

「就是離鄉背井，四處為家的人。」

所以——謙介暗想道。她並不是研究所的正規職員嗎？因為那個世界離謙介的生活太遙遠，他甚至不知道這是不是普遍的現象。

「所以——」謙介在廚房問，「妳是最近才來這裡的嗎？」

「對，今年春天。」

「春天之前在哪裡——」

「要用顯微鏡才能看到小東西，」鈴花硬是插了進來，「基本粒子也要用顯微鏡才能看到嗎？」

昴宿小姐把手指伸進襯衫口袋，拿出一個閃著銀光的小型放大鏡，和她掛在脖子上的黑色繩子連在一起。她把鯖魚碎屑放在原本裝筷子的紙袋上，拿出放大鏡看了起來。

「嗯，只能看到肉纖維。」

昴宿小姐說完，把放大鏡交給了鈴花，鈴花也有樣學樣地看了起來。

「很可惜，即使使用高性能的電子顯微鏡，也無法看到基本粒子，而且現在甚至不知道基本粒子的大小和形狀，但可以使用特別的裝置觀測到基本粒子的存在和運動方式，這種裝置就是加速器。」

「加速器——妳的研究所名字也有這幾個字。」鈴花說到這裡，似乎突然想到一件事，看著昴宿小姐的眼睛問：「可以請問叫什麼名字嗎？」

「名字？妳是問加速器嗎？」

「不是。我叫田邊鈴花。」

「喔，我叫本莊聰子。」

「本莊、聰子。」鈴花大聲重複著。

「加速器的問題都問完了嗎？」

「還沒有。」鈴花搖了搖頭，「那個機器埋在研究所的地下嗎？」

「喔，原來妳也知道。」

「昨天晚上，我們經過那裡時，爸爸告訴我的。」

「昨天晚上？」昴宿小姐問，「在我離開之後嗎？」

她微微皺起了眉頭，似乎覺得小孩子不該這麼晚還在外面遊蕩。

「是啊。」謙介插嘴說，聲音有點緊張，「我們開車路過。」

「——是這樣啊。」

昴宿小姐雖然並沒有露出接受的表情，但將視線移回鈴花身上。

「沒錯，加速器就在那裡的地下室，將粒子加速的圓環直徑有一公里，一周是三公里，差不多是一百個你的學校那麼大。」

「一百個？研究這麼小的東西，要這麼大的機器……」

「研究的對象越小，裝置就越大，實驗的難度也越高。如果可以用這個放大鏡看到基本粒子，就太開心了。」

昴宿小姐從鈴花手上接過放大鏡，放在右眼上。

「啊，右旋中微子，K介子和緲子也飛了出來。」她一臉正色地說話，完全沒有露出搞笑的表情，「喔喔，還看到CP對稱遭到了破壞……嗯？這個以前從來沒有看過的粒子，該不會是希格斯玻色子？」

「這個平時用在什麼地方？不是看不到基本粒子嗎？」鈴花問。

昴宿小姐把放大鏡放在手心說：「我從小就是一個熱愛小東西的宅女。」

「小東西是什麼？」

「除了微型娃娃和家具以外，還會蒐集混在吻仔魚中的小章魚或是小螃蟹。」

「啊，我曾經看到過。」

「我爸爸看到我喜歡這種小東西，就買了這個放大鏡送給我。那是我小學一年級的時候，結果我就愛不釋手，無論去哪裡都帶在身上，無論是花、昆蟲或是石頭，不管看到什麼東西，都非要仔細觀察。放學回家的路上就會一路觀察，所以要走很久才能走到家裡，有好幾次我爸媽差一點去報警。」

昴宿小姐喝完了味噌湯後繼續說了下去。

「在我十歲生日的時候，爸爸買了一台便宜的顯微鏡給我，接下來的幾年期間，我就變成了徹頭徹尾的微生物宅女。像是魚蟲、草履蟲，還有團藻之類的，但是，上了高中之後，就無法對這些微生物感到滿足，想要看更小、更小的東西。」昴宿小姐抓了抓喉嚨，「我想趕快讀大學，迫不及待地想去有最先進的電子顯微鏡的大學，親眼看看分子、原子的世界。但是，我無法忘記在高二那一年的暑假，發生了大爆炸。」

鈴花張著嘴，愣在那裡。

「我在高中時加入了科學社，在科學社舉辦活動時，來參觀了我目前任職的研究所，當時稱為高能量物理學研究所，那是我第一次親眼看到巨大的加速器，第一次聽專業的研究人員介紹，然後瞭解到基本粒子物理學到底在研究什麼，受到了很大的震撼。那已經不只是大吃一驚，而是整個腦袋發生了大爆炸。」

「為什麼聽了基本粒子的說明，腦袋會發生大爆炸？」

「因為我知道，只要瞭解了基本粒子，就可以瞭解宇宙。在宇宙剛誕生時，是一個只有基本粒子的世界，所以只要瞭解基本粒子，就可以瞭解為什麼宇宙會變成目前這樣。加速器就像在創造宇宙，在仔細觀察世界上最小的東西時，就可以看到世界上最大的東西。我當時聽了這番話──」

昴宿小姐向前探出臉，用力睜大了雙眼。

「覺得眼前一下子變得開闊了。」

鈴花被她的氣勢震懾了。昴宿小姐恢復了原本的嚴肅表情，把放大鏡的繩子掛在脖子上。

「我目前能夠做基本粒子的研究，全拜這個放大鏡所賜，所以我隨時都帶在身上。只要有這個放大鏡，我無論在哪裡都沒有關係。」

「無論在哪裡——？」

「對，無論在叢林或是沙漠，在工廠的生產線或是聲色場所，只要看這個放大鏡，就可以找到真正屬於我的地方，就可以回到我爸爸送我這個放大鏡的當時，可以讓我有勇氣繼續做自己。」

「喔。」鈴花聽不太懂她這番話的意思，只是這麼應了一聲。謙介忍不住在內心感到驚訝，難道昴宿小姐有在工廠或是聲色場所工作的經驗嗎？

昴宿小姐把剩下的醃菜送進嘴裡，放下筷子，合起了雙手。

「謝謝款待。」

「妳每次吃完飯，都在電腦上寫什麼？」

「在吃飯的時候會突然想到研究的點子，所以就會在吃完飯時記錄下來。」

「妳不用自己在家煮飯嗎？」

「喂，鈴花。」謙介慌忙在廚房制止她。

「我不用煮飯，」昴宿小姐若無其事地回應，「因為只有我一個人。」

「妳沒有孩子嗎？」

「沒有，現在也沒有老公。」

「妳討厭小孩子嗎？妳不想生小孩子嗎？」

「鈴花，妳不要想到什麼就隨便亂問，趕快過來這裡。」

謙介帶著怒氣說道，但鈴花完全沒有看他一眼。昴宿小姐也沒有理會他，抱著雙臂發出「嗯」的沉吟。

「我並不討厭小孩，也沒有不想生小孩，只是每次都選擇對自己最重要的事，就變成了目前的結果。我之前的老公也曾經很想要小孩，但當時我的研究工作很順利，我不想放下研究工作去生孩子，而且也不覺得自己這種像浮萍般的生活適合生孩子，差不多就是這樣。」

「是喔。」

「現在偶爾也會想像，如果我有孩子，不知道會是怎樣的生活，但是，這只是——」昴宿小姐聳了聳削瘦的肩膀，「痴心妄想。」

「——痴心妄想。」鈴花小聲地重複著。

「對，我不想成為一個痴心妄想的人，我現在能夠做自己真正想做的事，這樣就足夠了。」

因為已經過了打烊的時間，所以謙介跟著昴宿小姐走出飯館。鈴花已經回去自己的房間。謙介在收起布簾之前，向她鞠了一躬。

「真的很抱歉，她太口無遮攔了。」

「她可能還無法相信，這個世界上有女人選擇不生孩子，」昴宿小姐微微瞇起了眼睛，「她媽媽一定很出色，才會讓她有這樣的想法。」

「——嗯……要怎麼說……」謙介猶豫了一下，鼓起勇氣告訴她，「她媽媽已經去世了。」

昴宿小姐微微抖了一下眉毛，「——原來是這樣啊。」

「對，四年前生病去世了。」

即使告訴她這件事也沒有意義。謙介很清楚這一點，只是覺得可以告訴這個沒有孩子，專心研究基本粒子和宇宙的人。

「也許是因為沒有媽媽的關係，所以她對這些話題很敏感，很容易想到自己的境遇，或是進行比較。」

昴宿小姐默默注視著他。謙介就像是任憑填滿內心的不安滿溢，一口氣繼續說道：

「我相信隨著她漸漸長大，對只有爸爸感到不滿足。就像我之前曾經說過，她最近對外星人、魔術、投胎轉世之類的事很有興趣，雖然我不願去想女兒出了問題，但她的失眠問題也不見好轉。」

「失眠？」

「她昨天晚上也失眠了，我開車帶她出門兜風，就是為了讓她能夠入睡。」

「——原來是這樣。」

昴宿小姐垂下雙眼，沒有吭氣。謙介這才回過神說：

「啊，不好意思，和妳說了這些不必要的事。」

「我——」昴宿小姐摸著下巴說，「剛才好像說了很過分的話。」

「啊？」

「我剛才在她面前說痴心妄想。」

＊　＊　＊

穿越籠罩農田的黑暗，研究所出現在右前方。

經過閃爍的黃色號誌燈，謙介看向副駕駛座。鈴花像往常一樣，露出空洞的眼神看著窗外的樹籬。

經過研究所門口的號誌燈，立刻駛入左側。那裡是農協大樓的停車場。謙介張嘴想說什麼，但最後什麼都沒說，熄了小貨車的引擎。鈴花也默默地下了車。

走出停車場，過了斑馬線，入口就在眼前。這裡沒有大門，寬敞的道路筆直通往研究所深處。路燈照亮了柵欄機的黃色檔桿和無人的警衛室，左右兩側只有樹木的影子，完全沒有任何聲音，宛如深夜的公園。

轉角的樹叢前有一塊漂亮的石牌，上面的〈高能量加速器研究所〉幾個字閃著金光。鈴花站在牌子旁，目不轉睛地看著研究所內。

這裡可以看到遠處研究所大樓的燈光，但周圍沒有人走動。謙介無法瞭解深夜一點的研究所內在進行怎樣的工作。

等了三分鐘後，謙介對著鈴花的背影說：

「算了，別再來了。繼續站在這裡也沒用，她一定工作太忙了。」

「這麼久了，每天都很忙嗎？」鈴花轉過頭，用力瞪著他，「怎麼可能嘛！」已經兩個星期了。不知道為什麼，昴宿小姐在那天之後就再也沒有來店裡。以前當然從來沒有發生過這種情況。

也許是因為這個原因，鈴花晚上睡不著的次數增加了。每次出來兜風，就會像這樣在研究所前下車，但並不是來等昴宿小姐，只是站在這裡看著研究所內十五、二十分鐘。

「……果然是因為我的關係嗎？」

「因為妳的關係？」

「你不是說我上次問了很多不該問的問題嗎？」

「雖然我這麼說過，」謙介嘆了一口氣，「但她不可能因為這個原因就不來店裡。」

比起這個原因——謙介想到了昴宿小姐在臨別時在意的事。「痴心妄想」這句話似乎的確留在了鈴花的心上。她當然想到了她的媽媽。那天晚上兜風時，鈴花問謙介：「痴心妄想是什麼意思？」謙介只回答說：「應該是一直追求得不到的東西的意思。」鈴花也沒有再多問——

國道那裡吹來了乾冷的北風，謙介的身體抖了一下，然後才發現鈴花在睡衣外只穿了一件開襟衫。

「妳的外套呢？放在車上嗎？」謙介出門時拿給她一件之前父女一起買，但不同顏色的羽絨衣，「如果妳還要繼續在這裡，一定要穿外套，我們回去拿。」

鈴花不願意，謙介抓住了鈴花的手臂，快步走過閃著紅燈的斑馬線。走進農協的停車場時，鈴花停下了腳步，抬頭看著賣飲料的自動販賣機。

「要不要買熱飲？」謙介從口袋裡拿出零錢交給鈴花，「也順便幫爸爸買，我要少糖的咖啡。」

謙介把鈴花留在原地，走向小貨車。一輛轎車從國道的方向駛來，在號誌燈前放慢了速度。謙介雖然沒有回頭，但聽到那輛車駛入了研究所內。

他從小貨車的座椅上拿了鈴花的羽絨衣，看向自動販賣機的方向，忍不住倒吸了一口氣。鈴花不見了。

他慌忙衝出停車場，大聲叫著「鈴花！鈴花！」四處張望著。人行道上不見人影，所以她走進研究所了嗎？

謙介毫不猶豫地走進了研究所，叫著鈴花的名字走向深處。

柵欄機左側有一棟建築。他跑了過去，發現玻璃窗戶下方是櫃檯，用英語寫著〈Information〉，但裡面的燈暗著。「打擾一下！」他大聲叫著，但沒有人應答。

他離開那棟建築物，來到道路對面的停車場。停車場內只停了兩輛車子，後方是一棟平房，他走過去看了一下。玻璃門內的走廊一片漆黑，門當然也鎖著。

他在黑暗的研究所內四處尋找，非但沒有找到鈴花，甚至沒有看到任何人，然後他漸漸不知道自己身在何處。

報警吧——當他腦海中閃過這個念頭時，看到前方出現了微弱的燈光。是拿著手電筒的警衛。一個矮小的影子從警衛身後衝了出來，向他跑過來。那是快哭出來的鈴花。

在櫃檯後方的警衛室內，謙介淺淺地坐在鐵管椅上，在警衛給他的紙上寫下姓名和住址。坐在旁邊的鈴花一臉賭氣的表情看著地上。

白髮的警衛坐在桌前翻著名冊，似乎想確認謙介和鈴花所說的話是不是事實。因為小孩子三更半夜在這裡迷路，他當然需要謹慎處理。

鈴花說，當他們離開自動販賣機前時，她看到駛入研究所的轎車上，坐了一個很像昴宿小姐的女人。鈴花以為那個女人就是昴宿小姐，於是就去追那輛車。在轉了幾個彎之後，她跟丟了那輛車，在黑暗中迷了路。她哭著大叫「爸爸」，剛好被在附近巡邏的警衛發現。

謙介最後寫完電話，放下了原子筆，看著鈴花的側臉，嘆了一口氣。他什麼話都沒說，鈴花就嘟起嘴說：

「因為真的很像啊，像是髮型之類的。」

「妳不是沒有看到她的臉嗎？那輛車是藍色的嗎？」

「——是淺色。」

「那不是和她的車子不一樣嗎？」

「嗯。」警衛低吟了一聲，轉頭看著他們說：「這裡沒有姓本莊的職員。」

「啊？真的嗎？」謙介和鈴花互看了一眼，「但她說在這裡——」

「她是正式職員嗎？」

「好像——不是。」

「既然這樣，那就要查這裡。」警衛坐在電腦前查著檔案說，「非正式職員經常會有調動，她是不是年輕的研究員？」

「不，也沒有很年輕……」

「這樣啊。」警衛抓了抓白髮，「嗯，這裡也沒有她的資料，她是不是已經離職了？」

「不，沒——」沒聽她提過這件事。

「嗯，事務方面的人手不足，如果只是短期的研究員，經常發生資料送到我們這裡之前就離職了。」

「——這樣啊。」

「你知道她在哪一個部門嗎？像是研究室的名字之類的，只要知道部門，明天打一通電話就可以確認了。」

「不好意思，」謙介搖了搖頭，「完全不知道。」

＊＊＊

到了隔週，又隔了一週，昴宿小姐仍然沒有來飯館，當然也完全沒有她的消息。

每天上門的客人突然不再光顧並非罕見的事，人生經常會發生意想不到的事，很多事會在突然之間發生改變。原本以為是日常的日子可能意外簡單地中斷，自己的前半生就是如此。

謙介用這種方式說服自己，但鈴花不一樣。

她每天晚上八點半都會來飯館等昴宿小姐，九點過後，默默回去自己的房間。每天晚上都一樣。

在新年過後，父女兩人都不再提昴宿小姐的名字，但鈴花每天都在吧檯角落寫功課到打烊時間。

他們仍然經常在深夜去兜風，雖然不會在研究所前下車，但至今仍然每次都會去筑波車站前的人行陸橋。

站在那裡眺望筑波的街道，謙介有時候也會想起昴宿小姐，然後常常忍住不想。

她真的存在嗎？也許她真的是外星人，已經回到了自己的星球——

＊＊＊

〈香煎土魠魚（和風檸檬風味）、醋味噌涼拌油菜花螢光魷魚、竹筍飯、新洋蔥洋芋味噌湯、納豆〉

謙介拿著抹布站在吧檯的黑板前時，正在練習漢字的鈴花抬起了頭。

「為什麼擦掉？主廚特餐不是還有嗎？」

「是還有，但納豆用完了，我沒算好份量。」

謙介只擦掉〈納豆〉這兩個字，寫上了〈醃菜〉，順便看了鈴花寫的作業。她正在用鉛筆描「議」這個漢字。

「四年級要學這麼難的漢字。」

「都是我已經認得的字。」鈴花若無其事地說。

最近鈴花比以前更愛看書了。謙介每逢週末都會帶她去書店買一本書給她，這是為了避免她只看魔法和靈異書所採取的對策。鈴花最近很迷推理小說，對兒童版的系列推理小說愛不釋手。

失眠的問題既沒有好轉，也沒有惡化。謙介連哄帶騙，總算把她帶去醫院看了一次，但在記錄了睡眠狀況，交給醫生之後，治療就停止了。鈴花似乎很不喜歡醫生一再問她內心的事，態度堅定地拒絕再去醫院。

鈴花的班導師下個月又要來家庭訪問。因為還是同一個班導師，所以一定會問這件事。謙介每次想到這件事，就覺得心情很沉重。

在餐桌旁看體育報的最後一個客人也付完錢走了出去，謙介去收拾餐盤擦桌子時，不經意地看向牆上的時鐘。八點四十五分——

就在這時，汽車的車頭燈光照在拉門的毛玻璃上。鈴花倒吸了一口氣看著他。

「鈴花，妳聽好了，」謙介很快速地說，「即使是她，也不要追根究柢問個沒完，也不能用責備的語氣說話。因為她終究是店裡的客人。」

不到一分鐘，門就打開了，昴宿小姐一臉好像昨天才剛來過的表情走了進來。

「歡迎光臨。」謙介也用和平時相同的語氣說，「好久不見。」

「好久不見。」

昴宿小姐也向愣在吧檯前的鈴花點了點頭，坐在固定的座位。她的髮型、服裝、筆電都和以前一樣，唯一的不同，就是她看向吧檯的黑板。

「我要一份主廚特餐。」

「主廚——」

謙介聽到她第一次點主廚特餐後走回廚房，鈴花一臉欲言又止的表情看著他。謙介默默向她點了點頭，然後開始下廚。

謙介把土魠魚放進平底鍋，昴宿小姐理所當然地打開了筆電，只有鈴花心神不寧地不時瞥向昴宿小姐。

不可思議的寧靜和緊張持續了十幾分鐘，謙介做好了定食。他把五道飯菜裝在托盤內端到昴宿小姐面前。

昴宿小姐合起雙手，說了聲「我開動了」，掰開了免洗筷。她先喝了一口味噌湯，鈴花終於忍不住了。她把椅子一轉，整個身體面對昴宿小姐。

「為什麼？」她尖聲問道。

謙介還來不及出聲制止，鈴花又繼續問：

「為什麼今天點主廚特餐？」

原來是問這件事——謙介暗自鬆了一口氣。問這件事應該沒問題。

「喔……」昴宿小姐放下了湯碗，「因為今天配的是醃菜。」

「醃菜？所以妳喜歡醃菜？」

「主廚特餐不是每次都配納豆嗎？我不敢吃納豆。」

「啊！妳就是因為這個原因，才一直都不點嗎？」鈴花轉頭看著謙介問：「你聽到了嗎？」

「今天納豆剛好用完了，」謙介對昴宿小姐露出微笑，「如果妳早說，我可以為妳換醃菜，完全不是問題。」

「妳一開始就可以說啊。」鈴花用老成的語氣對昴宿小姐說，「那就不用固定輪流那幾種定食，每天都點主廚特餐了。」

「因為我覺得對茨城人說討厭納豆不太好。」

「我爸爸又不是茨城人。」

「是嗎？」

「對啊，他是鄉下星來的鄉下星人。」

「鄉下星人？」

「嗯。」鈴花似乎想到了什麼，從椅子上跳了下來，「妳明天還會來嗎？」

「明天沒辦法來，後天、大後天也都來不了。」

「是喔。」鈴花小聲回答，接受了這件事，然後向昴宿小姐靠近一步，「既然這樣，我希望妳和我一起去一個地方，等妳吃完飯之後。」

「好啊，」昴宿小姐看著鈴花的眼睛點了點頭，「我今天來這裡，也是因為有一個秘密一直想告訴妳。」

站在人行陸橋上眺望夜晚十點的街道，彷彿在準備入睡般緩慢蠕動。飯店的窗戶有一大半都還亮著燈光，乘客正在公車總站等末班車。車子不斷駛過陸橋下方，正在休息的計程車停在路肩。

「原來這就是筑波星啊。」昴宿小姐握著陸橋的欄杆說。

「妳以前沒來過這裡嗎？」鈴花在一旁問。

「嗯，但我知道這裡有一個人行陸橋。」

一個遛狗的男人從後方走過去，消失在公園內。一對情侶走向購物中心後，人行陸橋上只剩下謙介他們。

「妳辭職了嗎？」鈴花唐突地問。

「也不算辭職，是合約到期了。」昴宿小姐淡淡地回答，「因為我是約聘的研究員，每年都要續約，原本說好可以在這裡工作兩、三年，但因為預算遭到刪減，所以就無法續約了。反正這種事很常見。」

雖然鈴花應該無法理解所有的事，但她默默聽著。

「去年十一月才接到通知，就是在昌隆飯館和妳聊了很多事的隔天，我和主管討論了今後的安排之後，立刻去了岐阜。」

「去幹嘛？」鈴花問。

「在神岡的一個名為超級神岡探測器的設施內，協助和筑波的研究所共同進行的實驗，是名叫微中子的基本粒子實驗。」

「微中子——」

「因為主管當初說，我在協助實驗的同時學習，讓那裡的人認識我，從今年四月開始，就有機會在神岡擔任約聘研究員——」昴宿小姐聳了聳肩，「這件事也因為人事費用不足而落了空，這也是很常見的事。」

「所以妳現在……」謙介戰戰兢兢地問。

「現在是無業遊民。」昴宿小姐很乾脆地回答，「今天回來這裡，是把之前在這裡租的房子退租，然後順便搬家。雖說是搬家，但東西很少，放在汽車的行李箱就可以全部載走。」

謙介想像著沒什麼家具的房間。可能只有一張薄床墊和被子，只是她回家睡覺的地方。既沒有桌子，也沒有電視，只有物理學的書和論文堆在地上，所有的衣服和生活用品都可以塞進一個大行李箱——

謙介不知道自己猜的對不對，但她顯然盡可能減少生活用品，持續過著輾轉在各大學和研究機構當研究員的生活。漂泊人。浮萍。謙介覺得終於理解了她之前說的這些詞彙的意思。

「無法再做研究了嗎？」鈴花不服氣地嘟著嘴，「妳不是很喜歡，而且也很努力嗎？」

「當然還要繼續做。」

「妳接下來有什麼計畫嗎？」謙介問。

「東京的親戚說，可以借給我一個房間，所以我會先搬去那裡，然後邊打工，邊找研究的工作。」

昴宿小姐低頭看著一臉擔心的鈴花，拚命眨著眼睛，似乎在思考該對她說的話。

「別擔心，這不是第一次暫時無法做研究工作，這一次也一定沒問題。因為——」昴宿小姐從胸前拿出了放大鏡，「因為我有這個。」

「嗯，」鈴花輕輕點了點頭，然後問她：「妳以後不會回來這裡了嗎？」

「我想回來，只是不知道會在幾年後。」昴宿小姐抬起頭，看向夜晚的街道，「所以要暫時告別筑波星的這片景色。」

謙介悄悄看著她的側臉想。

她果然是外星人。心繫著遙遠的宇宙，不怕苦地持續著漂泊旅行的外星人。也許她比自己或是鈴花更加孤獨——

不知道哪裡傳來救護車的鳴笛聲，等到救護車的聲音遠去之後，昴宿小姐再度開了口。

「在離別之前，我要告訴妳一個秘密。那是我一直想告訴妳的事。」

昴宿小姐豎起食指說，鈴花抬頭看著她問：「什麼秘密？」

「我之前不是說，我是外星人嗎？妳還記得嗎？」

「嗯，我記得。」

「除了這件事以外，還有另一個秘密。」昴宿小姐一臉嚴肅地說：「其實我是在一百三十八億年前出生的。」

「一百三十八億年?!」鈴花尖聲問道，然後笑著說：「妳騙人。」

「我沒騙妳。妳知道一百三十八億年前發生了什麼事嗎？」

「不知道。」

「這個宇宙誕生了。」昴宿小姐仰望著夜空。

「宇宙——」鈴花也跟著重複。

「在宇宙誕生的短短三分鐘內，基本粒子聚集在一起成為質子和中子，成為氦和氫的原子核。妳知道什麼是氫嗎？」

「有聽過。」

「氫是世界上最小，也最輕的元素。人的體內以原子數量來說，有六成左右是氫，是和宇宙一起誕生的氫。」

「在一百三十八億年前嗎？」

「沒錯。」

「——太厲害了。」

「身體中不是有很多水分嗎？水是由一個氧原子和兩個氫原子組成，氫可以成為大海，成為雲，成為雨，也可以構成動物身體的元素，在地球上不斷循環。無論是妳還是我，都是由一百三十八億年前的氫構成的，所以我們所有的人都是外星人。」

「——太厲害了。」鈴花再度小聲說道，然後摸著自己的手臂。

「身體的原子大部分在體內只能停留幾年，當人死了之後，就會回到泥土和空氣中。目前我們體內的氫，也許是以前別人身上的氫；我目前身上的氫，日後也會被其他生命體使用，即使在我死後，也會一直重複使用下去。」

「一直——」

「所以，那些生命體都像是我的小孩，有可能是眼蟲藻，也可能是海豹。」

鈴花踮起了腳，向欄杆外伸出了手，好像在抓空氣般問：

「這裡也有氫嗎？」

「有啊，以水蒸氣的形態存在於各個角落。」

鈴花聽了昴宿小姐的話，安心地點了點頭，臉上露出了她年幼的時候，經常在謙介和望美面前露出的表情。鈴花伸出雙手，充滿憐愛地持續撫摸著空氣。

謙介看著她的臉龐，不禁熱淚盈眶。他不經意地轉過身，咬緊牙關，不讓眼淚流下來。

鈴花並沒有痴心妄想。

望美至今仍然活在鈴花心中。鈴花只是希望隨時感受到望美的存在，她被神秘的世界吸引，整天想著那個世界到無法入眠，只是在尋找可以確認母親存在的方法。

謙介不一樣，只是整天為望美的死、為失去望美嘆息。如果望美還在的話——整天想著這種空虛的願望。

沒錯，自己才是在痴心妄想。

「——木星。」昴宿小姐仰望著南方的夜空小聲地說，「今晚的木星很漂亮。」

「在哪裡？」鈴花問。

昴宿小姐彎下身體，把臉湊到鈴花旁邊，指著那個方向說：「那裡不是有一顆星星特別明亮嗎？」

「對，我看到了！」鈴花跳了起來。

「在哪裡？哪一顆？」謙介又被排斥在外。

「木星和地球一樣，也有好幾顆衛星——」昴宿小姐繼續說了下去，「其中有一顆叫做歐羅巴星。歐羅巴星的表面覆蓋著很厚的冰層，但冰層下面是一片深海，目前認為，在那片深海中可能有生命。」

「妳是說歐羅巴星人嗎？」鈴花瞪大了眼睛。

「很可惜，」昴宿小姐搖了搖頭，「即使真的有生命，應該也只是微生物。」

「即使這樣也超厲害。」

「除了歐羅巴星以外，土星的另一顆衛星泰坦星上有甲烷海，名叫恩賽勒達斯的衛星上也有和歐羅巴星相同的海，所以這兩顆星上也可能有生命，可能是我們無法想像的奇怪生物。」

「我好想看一看。」

「無論是歐羅巴星，還是泰坦星，或是恩賽勒達斯星，那些生命體的體內應該都有很多氫原子，那些氫原子和我們身上的氫原子一樣，都是一百三十八億年前產生的，所以就像是我們的兄弟姊妹。」

「微小又奇怪的兄弟姊妹嗎？」

「而且──」昴宿小姐一臉嚴肅地繼續說，「地球上的氫正慢慢流向宇宙空間，所以我們身上的氫原子，可能會在日後出現在歐羅巴星或是泰坦星的生命體上，果真如此的話，那些生命體就像是我們的孩子。」

「啊？是這樣嗎？」鈴花看起來很開心。

昴宿小姐突然從欄杆探出身體，雙手放在嘴邊，做成大聲公的形狀，好像下定了什麼決心，對著木星大喊：

「喂！歐羅巴！」

正在樹下抽菸的計程車司機驚訝地抬頭看了過來。

鈴花完全不在意，也不甘示弱地叫了起來。

「喂！泰坦！」

她們叫完之後，同時看著謙介，似乎有什麼話要說。謙介在無奈之下，抬頭望著夜空，用力吸了一口氣。

「喂！恩……」他只叫了一個字就卡住了，「喂，妳們太奸詐了，怎麼留一個這麼難的給我！」

三個外星人放聲大笑，他們的影子搖晃著。

鏤刻火山

我抱著膝蓋坐在那裡，開始傾斜的夏至烈日灼燒著我的脖頸。

現在剛過兩點半，即使老公再怎麼神經大條，也應該已經發現我留在桌上的字條了。

他會生氣嗎？不，他可能還搞不清楚狀況，感到不知所措。

我的手機關機，塞在登山包裡。老公應該聲音緊張地在我手機的語音信箱內留了好幾通留言。

他打不通我的手機，應該會打給麻衣，但即使向麻衣求助，麻衣也只會冷冷地回他一句：「我怎麼知道？」

至於晴彥——甚至不知道他在不在家。昨天晚上他沒有回家，可能又住在我既不知道姓名，也不知道長什麼樣子的「朋友」家裡。

至於今天的主角婆婆——

不行。明明告訴自己，在下山之前，要充分享受眼前的風景，沒想到又在不知不覺中煩惱家裡的事。

眼前的彌陀池映照著周圍濃濃的綠意，有好幾組登山客都坐在池邊談笑休息，幾乎都是衣著打扮相似的中高年團體，和他們同年代的我獨自身處其中，也不會引起別人的注意。

我站了起來，從斜背的相機包中拿出相機。那是一台三十年前買的老舊單眼相機，我將鏡頭對著池水，在思考構圖的同時按下幾次快門。快門的聲音太悅耳了。

我舉著相機，將身體轉向左側，環視水池西側的斜坡。聽說這一帶也是白根葵的群生地，但完全不見淡紫色的小花。

據說白根葵這種花名來自這裡日光白根山，我在決定要挑戰這座山進行調查時，第一次得知這件事。

我再度轉頭看向水池，正準備看向取景框時，聽到身後傳來一個男生叫苦的聲音。

「老師，先停下來喘口氣，我要把登山包放下來。」

回頭一看，兩個男人停下了腳步。剛才喊累的應該是那個二十多歲的年輕人，另一個男人皮膚黝黑，年紀大約四十左右。

「真是不中用。」那個年輕人口中的老師咂著嘴說，「那只休息五分鐘。」

年輕人連同登山包一屁股癱坐在地上，把兩隻手從登山包的肩背帶中抽了出來。他帶的行李似乎很重。他們使用的是那種會在山上搭帳篷夜宿的專業登山客使用的大容量登山包，難道他們在挑戰縱走嗎？

我不經意地觀察著他們。老師雖然不高，但體格很強壯，裝備也都很有年分，似乎是登山常客。那個年輕人雖然個子很高，但很瘦，登山鞋也很新，登山的資歷可能並不長。

「這麼重，肩膀真的會出問題。」年輕人皺著眉頭，轉動著肩膀。

「你別說得這麼誇張，我讀書的時候，每次要背的分量是這個的一倍，還整天被學長數落說，今年的新生都不中用、不中用。」

那個年輕人似乎還是學生，老師說話毫不留情，但那個學生也完全不客氣。

「老師和我的身體不一樣啊。」學生說。

「沒錯，像你這種像豆芽菜的城市小孩根本不適合當揹工。」

揹工？我懷疑自己聽錯了。揹工是指那些專門在山林中搬運重物討生活的人，以前曾經在哪座山上看到，那些揹工把要揹上山屋的各種物資綁在很大的揹架上，腳步輕盈地上山的身影令我讚嘆不已。但是，這兩個人是揹工？

「揹工的理想身材，」那個老師繼續說著，「就是肩膀要夠寬，脖子要粗，腰夠壯，腿要短，聽說小宮山正的腳也很大。」

小宮山正。我好像在哪裡聽過這個名字——

「要論腿短的話，老師，你絕對不會輸。」學生半開玩笑地說，「而且我的身材不適合當揹工也沒關係，即使我窮到沒飯吃，也不會去當揹工。雖然我也不是很清楚揹工到底是什麼工作。」

「你說你不是很清楚？」老師皺起兩道粗眉，「所以你沒看嗎？」

「喔……你是說《揹工傳》嗎？不——」

「我記得曾經叮嚀你，論文不重要，但無論如何都要看那本小說嗎？」

「不是我不看，我去了書店，但找不到那本書。」

對了，我想起來了。小宮山正是富士山傳說中的揹工，一個人把五十貫（約一百八十七公斤）的花崗岩風景指示盤揹上了白馬山的山頂而一舉成名。《揹工傳》就是根據他的故事所寫的小說，是寫了很多山岳小說的作家新田次郎的處女作。

那個老師露出了懷疑的眼神，學生繼續辯解說：

「我是說真的，在文庫區看到了《孤高的人》那本書，還看到另一本書，我忘了書名，看到書名時，我還在心裡吐槽，是在抄襲『柚子』的歌嗎……」

「『柚子』的歌？你在說什麼？」

我忍不住噗哧笑了起來。因為我知道他在說哪一本書。他們兩個人同時轉頭看著我，事到如今，我不能再假裝沒在聽他們說話，鼓起勇氣開了口。

「該不會是——《光榮的岩壁》那本書？」

「沒錯！就是這本！」學生伸出食指指著我，「『柚子』的那首歌名叫『光榮之橋』！」

「岩壁和橋樑相差了十萬八千里。」老師打著學生的手，然後看著我問：「請問妳喜歡新田次郎嗎？」

「嗯，是啊，很久以前很愛看他的書。」

「是喔，」老師看著我手上的單眼相機應了一聲，「妳的相機也很有味道，佳能的New F1。」

「這台也買很久了。」我笑著摸了摸相機方正的機身，「現在覺得有點重。」

「但很堅固，我以前也用過我爸的舊相機，登山時很好用。可以讓我摸一下嗎？」

老師把手伸了過來，我把相機交給他。

「好懷念的感覺。」老師眼尾擠出了魚尾紋，「妳很愛惜東西，看起來狀態還很好。」

「即使不用的時候，也會偶爾拿出來保養一下。」

我接過相機時問：

「你們的行李看起來很重，今晚要住在山上嗎？」

「不，我們當天來回，現在正在下山，因為裡面裝了石頭，所以才會這麼重。」

「石頭？」

「是研究火山時使用的岩石樣本。」老師打開登山包的口，拿出一塊用厚實塑膠袋裝的拳頭大石頭。這塊黑色的石頭表面很粗糙。

「哇，原來裝了這種——」我內心驚叫起來，登山包裡裝這麼多這種石頭，肩膀和腰真的會出問題。

「我在大學當老師。」那個老師說。

「我算是研究生啦。」那名學生的回答聽起來有點像在賭氣。

「研究火山聽起來很不錯啊，」我坦誠地表達了感想，「說起來，這座山也是火山。」

「的確是座活火山，這五千年至少爆發過七次，最近的一次是明治時代，難道妳的家人沒有為妳擔心嗎？」

「擔心……這座山現在也很危險嗎？」我沒有看到相關的消息……

「不，並不是這樣，但今年冬天，草津白根山不是發生了火山爆發，造成了人員傷亡嗎？因為都叫白根山，所以有不少人以為是這裡。」

「喔，原來是這樣。」

聽他這麼說，我才發現這裡的登山客比我想像中少。也許真的和草津白根山的事有關。

我沒有告訴家裡的任何人要來這裡。即使說了，應該也不會有人為我擔心。我留在桌上的字條上只寫著〈我去登山，會晚一點回家，今晚的事就拜託了。〉只要讓家人知道我不是離家出走或是發生意外就足夠了。

「那種程度的火山爆發──」老師向後轉頭，仰望著山頂的岩峰說，「這裡也隨時可能發生。」

「你們調查這些岩石，是為了預測什麼時候會爆發嗎？」

「不，即使調查以前噴火的痕跡，也無法預測下一次什麼時候會爆發，必須用地震儀和傾斜儀隨時進行監測，才能夠瞭解火山爆發的預兆，但無論是不久之前的草津白根山，還是二〇一四年的御嶽山，都只是小規模的水蒸氣噴發，對火山來說，就像是不小心打了一個嗝而已。」

「打嗝而已嗎？」明明造成了這麼重大的危害。

「只是地下水被岩漿加熱氣化後噴發出來，並不是那種真正岩漿噴出來的火山爆發。如果只是水蒸氣噴發，就連觀測儀器也很難把握徵兆。」

「對喜歡登山的人來說，還真是頭痛啊。」我一臉嚴肅地說著，瞥了一眼老師手上拿著的岩石，「既然這樣，要這種岩石——」

我沒有繼續說下去，因為我發現不自覺地用否定的語氣說話，但老師用力點了點頭，好像就在等我說這句話。

「火山是從火山口噴出的像是熔岩、浮石、火山灰這些噴出物，經過漫長的歲月累積而成，這座日光白根山由在不同時期流出的，至少有十三種厚實的熔岩構成。比方說這個——」老師把手上的岩石出示在我面前，「這是其中算是較新的山頂熔岩，應該在數千年前出現在地表，山頂附近不是幾乎都是這種石頭嗎？」

「嗯……好像是。」我不置可否地回答，因為我只注意高山植物，並沒有仔細看腳下的岩石。

「那裡的流出時間更早一些。」老師指著水池西側的斜坡，「座禪山熔岩，水池對面的是彌陀池熔岩。這個水池是這兩種熔岩交會形成的。喂——」

老師露出嚴厲的眼神看向學生。

「你不要坐在那裡放空，好好聽我說，我也是在說給你聽。」

「我有在聽啦。」學生嘟著嘴，懶洋洋地站了起來。

「我第一次知道熔岩還有名字。」我語帶佩服地說，「你們調查得真詳細。」

「光調查熔岩也不行，還要調查中間夾了怎樣的火山灰層、浮石和火山碎屑流堆積物。我們這些火山研究人員會盡可能詳細地鏤刻火山。」

「鏤刻火山——」我覺得他的這種說法很有創意。

「對。」老師點了點頭，「只要詳細調查形成火山的地層，就可以瞭解每一次噴發的變化和規模，到底是只有噴發水蒸氣，還是噴出許多火山彈，或是流出了大規模的熔岩，以及不同規模的噴發頻率，就是掌握那座火山的習性或者說是體質之類的東西，設想火山爆發的狀況。一旦掌握這些狀況，即使火山開始活動，也可以採取因應措施。」

「原來是這樣——」

我似乎有點瞭解他們蒐集這些岩石的理由了，就是從過去的經驗中學習，為未來做準備。

「已經五分鐘了。」老師對學生說，「既然已經來到這裡，那就去看看座禪山熔岩。」

老師和學生分別伸進各自的登山包，從裡面拿出了鐵鎚，然後把行李留在原地，走向水池西側的斜坡。

我拿著相機跟在他們身後。因為我想親眼見識一下他們如何「鏤刻火山」，只要站在稍遠處張望，應該不會妨礙他們。

他們站在陡坡上，不時觀察著露出的岩石，然後用鐵鎚挖起泥土和雜草，橫向移動著。不一會兒，只有老師輕盈地爬上斜坡。爬了三公尺左右，抓住了突出的岩塊，以不穩定的姿勢靈巧地揮動鐵鎚。

他只敲打了幾次，就已經敲下了適當大小的岩石，簡直就像是熟練的石工。「接住。」老師把岩石一丟，站在下方的學生慌忙伸手去接。

「是鐵鎂質包體岩嗎？」學生打量著黑色的岩石問。

「對，這很典型，可以帶五、六個回去當教材。」

「這個笑話很難笑，我的登山包已經超重了。」

「真是廢物，所以我才叫你去看《揹工傳》這本書，區區五、六塊石頭就鬼叫成這樣，太沒出息了，小宮山正會笑你。」

「既然只有區區五、六塊，那就放在你自己的登山包裡。」

「我本來就不指望不中用的傢伙，你放心吧。」

「你再罵我，小心我去投訴你學術霸凌。」

「你在研究室還不是把我說得一文不值，一下子說我是ＩＴ智障，還說我是原始人。」

他們和我想像的師生關係大不相同，聽他們的鬥嘴，非但不會感到擔心，反而覺得像在聽相聲。

我站在下方拍下了老師用熟練的動作敲下岩石的身影，雖然我不知道他挑選的是巨大岩塊的哪一個部分，但他露出銳利的眼神挑選位置，不時敲下小石塊。

原來這就是在鏤刻火山。我仰頭看著斜坡頂，斜坡的高度大約有數十公尺。如果這一大片都是熔岩，他鏤刻下的那一塊是多麼微小，而且他在整座火山都要做相同的工作。無論再怎麼鏤刻，也永遠鏤刻不完。火山學家似乎在做一件永無止境的事。

短短十五分鐘左右，老師已經採集完幾個樣本。他走下斜坡問我：

「我剛才拍了幾張你的照片，可以嗎？」

「沒問題，只是我這種老頭沒辦法取代漂亮的花，」老師笑著說，「妳是來拍白根葵的吧？」

「嗯，是啊。」

「以前這個斜坡上一整片都是，但全都被鹿吃光了。妳是從哪條路線來這裡的？」

「我搭纜車到丸沼高原的山頂，再從七色平到山頂，然後從五色沼那裡下山——」

「從五色沼來這裡的路上，不是有些地方可以看到嗎？」

「對，很漂亮。」

「除了那裡以外，我想想——」

老師告訴了我幾個附近可以看到高山植物的地方。

「你果然很瞭解，」我對他說，「你經常來這裡嗎？」

「不下雪的時期，每年會來五、六次。因為大學就在這附近，這座山算是我的管轄範圍。」

「管轄範圍？」

「可以說是由我負責，或是由我掌管吧。因為業界大概都知道『這座火山屬於這個研究人員』。」

「有點像是地盤的概念嗎？」

「不不不，火山研究人員的人數並不多，還不到需要爭地盤的程度，反而有很多需要研究的火山，但太缺乏人手。所以——」

老師用下巴指了指學生繼續說道：

「所以像他這種年輕人很寶貴，要好好栽培。」

「啊？」學生瞪大了眼睛，「我只覺得自己進入了黑心研究室。」

* * *

我想拍岩鏡花，但看到的不是粉紅色的花瓣，而是地上的岩石。全都是因為剛才聽老師說了那些話。

老師和學生剛才分別揹著沉重的登山包從這裡下了山，聽他們說，他們在下山之後，要開車回大學，把那些岩石樣本載回去。

鏤刻火山。我隨意按著快門，回味著這句令人印象深刻的話。

鏤刻、火山——

我也像是一座山。

家裡所有的人都在我身上鏤刻。鏤刻我的心、我的愛。

公公在埼玉縣北本市建了一棟透天厝，最多的時候家裡住了六個人，養了三隻動物。公公和婆婆、老公和我，還有女兒和兒子，一隻狗和一對鸚鵡，真的算是大家庭。說得好聽點，當時的生活很熱鬧，但其實只是每個人提出各種自私的要求，我默默回應這些要求。

沒有人感謝我，也沒有人顧慮我的心情，關心我的身體。久而久之，我變成了家人可以隨意鏤刻的對象，簡直就像是無論怎麼鏤刻，外形都不會改變的山一樣。

每個家庭的家庭主婦都差不多——我的確至今仍然會在內心深處這麼小聲告訴自己，但我已經踏出了第一步，無論未來如何發展，反正已經回不去了。

今天是婆婆的生日。每年的這一天，全家人都會聚在一起吃晚餐，舉行一場小型慶生會。婆婆很喜歡成為這種場合的主角，每年都很期待。女兒麻衣和兒子晴彥雖然不甘不願，但每年都會出席。雖然他們姊弟的感情不算太好，但每年都會準備禮物，那是因為我每年都在一個月前就三番五次提醒他們。

今天，我卻在全家人歡聚一堂的派對時開溜了。嫁進這個家庭三十年，這當然是第一次。雖然我開溜了，但在出門前做好了所有的準備。只要看到桌上準備好的菜，老公應該知道。我做了婆婆愛吃的菜，冰箱裡準備了蛋糕，無論花束還是禮物，都放在很明顯的地方。

把料理加熱、裝盤這種事，即使我不在家，其他人也可以搞定，因為都是大人了。

老公在今年三月退休後，目前以約聘的方式在原公司工作，每個星期會去公司三天。幸好今天星期四是他不需要去公司的日子，我清晨五點出門時，他當然還在呼呼大睡，但應該有充足的時間為派對做準備。

我們一家人就像是快要散架的水桶，如果我不拚命抓住桶箍，就會在轉眼之間散開，裡面的水都會流光。大家都知道這件事，卻沒有人願意伸手幫忙，都一副理所當然的表情使用水桶裡的水，完全沒有想過我可能會鬆手放開桶箍。

所以，我今天的小叛亂應該會讓家人手忙腳亂，然後會莫名其妙地感到很生氣。

但是，這只是開始而已。一旦他們知道這件事，一定會啞口無言。

這是理所當然的事。因為連我自己也有點舉棋不定，不知道做出這樣的決定對不對。

我對「他」說，今天或是明天會給予答覆。今天一個人來山上，就是為了整理自己的情緒，確認自己的決心——

我幾乎無意識地再度邁開了步伐。

下山的路很緩和。漸漸遠離了彌陀池，已經看不到了。登山路兩側及膝高度的蟹甲草宛如綠色的地毯。

我邊走邊把相機收了起來，用掛在脖子上的毛巾擦了太陽穴流下的汗水。

對了——昨天晚上用抹布擦餐桌時，我發現了一件事。

那是我嫁入這個家時新買的六人餐桌，我每天在那張餐桌上為全家人提供三餐，養兒育女。

即使其他人不在飯廳時，我也經常獨自坐在餐桌旁寫東西、想事情。那裡是屬於我的地方，也是我的舞台。

我昨天晚上發現，桌面上有無數細小的刮痕。那是三十年份的傷痕，是家人持續在我身上鏤刻的傷痕。

老公是否知道非假日的午後，我獨自坐在餐桌角落在想什麼，煩惱什麼？至少想像一下——不，不可能。

老公多年來都對家人不聞不問，導致我也對他漠不關心，所以老實說，我並不知道老公對退休後的人生有什麼打算，甚至我漸漸不瞭解他到底是怎樣一個人。

他在東京都一家經營住宅設備的公司業務部門多年，退休前的頭銜是營業部副部長，對外經常把「我整天忙於工作」這句話當成是免死金牌掛在嘴上，在家的時候，則是三不五時強調「我每天上下班就要三個半小時」。

因為他從來沒有離家生活的經驗，所以完全不會做家事。即使偶爾會心血來潮地打開小孩子房間的門，督促他們「趕快寫功課」，也從來沒有看過他們的功課。前不久他甚至說不出女兒從哪一所高中畢業。

他的酒量不好也不差，十年前戒了菸，也不賭博，唯一花錢的地方，就是他熱愛的遙控飛機。他向來覺得和家人共度的時光剝奪了他投入興趣愛好的寶貴時間。

婆婆是群馬地主家的千金小姐，對所有的家事都很不在行，所以在我嫁進這個家之後，她欣然把家庭主婦的位子交給了我，但公公每次稱讚我做的菜時，她就會不高興。每次我處理家事得宜，她就會冷嘲熱諷，所以我們婆媳關係並不好。

婆婆的身體並不是很好，腿也有點毛病，這應該是事實，但每次和小姑一起去旅行，她整個人都精神抖擻，可以自己拖著大行李箱走路。

十年前，公公因為腦梗塞病倒，需要照顧時，婆婆也推說自己身體不好，把所有的照護工作都推給我。曾經是縣內高中校長的公公在某些方面很值得尊敬，所以我自認盡心盡力地照顧他。

公公從病倒到去世的六年期間，兩個孩子剛好要考高中、考大學，我的身心完全沒有時間休息。就連我一肩扛起全家人煩惱的那段期間，老公也是一副事不關己的態度，而且還常擺出一副自己是犧牲者的樣子。他可能覺得和父母同住，就已經充分盡了身為人子的義務。

幸好他完全不關心家計的問題。不久之前，我去銀行用自己的名字開了新的帳戶，將一部分定期存款解約後，匯入了新的帳戶，老公應該不會發現。那是我單身時代存的錢，和父母去世後留給我的錢，總共差不多五百多萬，這筆錢原本就屬於我，雖然我還不知道未來是不是會動用到這筆錢——

我突然回過神。

然後慌忙打開地圖，小聲地嘀咕說：「慘了……」

我走錯了回程的路。我目前走在通往菅沼登山口的路，竟然在不知不覺中走到了剛才那兩個老師和學生下山時走的路，原本應該在彌陀池的岔路走向七色平的方向，沿著來路走回纜車的山頂車站。

今天早上，我搭了電車和公車到纜車車站，原本計畫回程也走相同的路線。菅沼登山口只有茶屋和停車場，並沒有任何公共交通工具。只有登山季節會有臨時巴士，但班次很少，現在應該已經趕不上末班車了。

還是必須走回彌陀池——我正準備轉身，但臨時改變了主意。

我不能因為這點小事就退縮，未來的人生中，一定會有許多意想不到的事，如果無法對意料之外的事樂在其中，根本無法繼續走下去。

也許是因為當家庭主婦多年的關係，無論去哪裡，都會想著「要趕快回家」。首先必須改掉這個習慣。

就繼續往菅沼登山口下山，之後就見機行事。可以邊走邊找公車站，也可以鼓起勇氣搭別人的便車。即使遇到最糟糕的情況，今晚只能露宿野外，反正也不會死。

想到這裡，就覺得身上的登山包也變輕了。我喝了一口水，再度邁開步伐。

走了三十分鐘，冷杉和鐵杉樹林遮住了陽光。我放慢腳步，用力深呼吸。我從以前就很喜歡這些樹木散發出特有的甘甜香氣，微微滲汗的皮膚感受著陰涼的空氣很舒服。

走了一段路，視野頓時開闊起來。我剛好來到山脊的位置，隔著山谷，看到兩個小小的人影出現在對面斜坡的登山路上。就是那個老師和學生，他們似乎正在調查路旁露出的地層。學生揮起了鐵鎚，打向岩石的沉悶聲音在山谷中回響。

既然這個學生還在讀研究所，年紀應該和晴彥差不多。雖然他抱怨那是黑心研究室，但我覺得這個年輕人很了不起，滿身大汗地投入岩石和火山的研究。雖然學術的世界有點脫離現實社會，但很正派，也很清新。至少對學術界一無所知的我這麼認為。

其實我並不知道晴彥最初任職的那家公司到底是不是黑心企業。那孩子有點吃不了苦，但既然他這麼說，也只能相信了。

我覺得晴彥是個可憐的孩子。即使他很認真做一件事，也常常無法獲得相應的回報。他考高中的成績不理想，考大學也失利。雖然我對他說可以重考，但他已經失去了動力，結果進了一所新成立不久的私立大學，所有親戚聽到那所大學的名字，都露出微妙的表情。

不知道是否原本就沒有抱太大的期待，所以他在即將畢業時，並沒有很積極地找工作，在獲得一家公司的內定之後，立刻決定要去那家公司上班。他告訴我，那是一家電子相關的企業，但其實是一家推銷無線網路線路的新興企業。

進公司之後，他搬去東京都內的套房，幾乎沒有和家裡聯絡，但聽說沒有接受像樣的新進員工訓練，公司就派他出去跑業務，而且業績壓力很大。第二年秋天，他突然雙手抱著行李回到家裡。我在玄關瞪大了眼睛，晴彥只對我說了兩句話：「我辭職了，那是一家黑心企業。」

不久之後，他進了本地一家食品公司當約聘員工，他說日後有機會成為正職員工，問題是他在那裡只做了一年，公司就沒再和他續約。

接下來的半年時間，他非但沒有去找工作，甚至沒有去打工。有時候將近一個星期足不出戶，有時候說去東京找朋友，好幾天都不回家。當自己的存款見底之後，就伸手向我要零用錢。最近我不再給他錢，好像開始向婆婆要錢。

最近，我隱約猜到了他口中那個「朋友」的底細。前幾天，晴彥要向我借五十萬圓，我問他借錢的理由，他說要購買有關投資的ＤＶＤ教材。他的那個朋友向「前輩」購買了教材，在期貨方面賺了不少錢，所以要把晴彥介紹給那個前輩。

我覺得事有蹊蹺，於是上網查了一下，果然不出所料，看到東京有好幾個自稱是「投資家」的團體，向年輕人出售高額的投資教材，已經引起了問題。我把這件事告訴晴彥，他對我說：「——這個年代還老老實實上班領微薄薪水的人太傻了。」

那一刻，我真正體會到一件事，我教育孩子出了問題。

前天，我幫晴彥洗了鞋子。我已經好幾年沒有幫他洗鞋子了，因為在玄關看到其中有一隻翻過來的白色球鞋實在太髒了，於是就蹲在浴室，用舊牙刷幫他刷洗髒鞋子，眼淚忍不住流了下來。

二十年前，我每個星期都會像這樣幫還在讀幼兒園的晴彥洗外出穿的鞋子，那是他喜愛的水藍色小球鞋。他在玩什麼遊戲時會把這裡弄髒——在洗鞋子時想像這些事，會情不自禁露出笑容。

那時候很幸福，不需要抓住桶箍，我們就是一家人。

我和老公之間雖然會相互抱怨，但仍然擁有各種回憶和未來。夏天的時候，老公會開車帶我們去海邊；聖誕節時，我會烤蛋糕，老公會把禮物放在孩子的枕邊。每次聽到麻衣說一些人小鬼大的話，看到晴彥做出可愛的動作，就會和老公相視而笑。

當時公公和婆婆的身體都很硬朗，享受著各自的生活，所以家裡並不是只有煩悶不斷堆積的地方。

和姊姊麻衣相比，我的確太寵晴彥了，所以他才會有點膽小、吃不了苦，但他那時候是一個很愛媽媽、很懂得體貼的孩子。

在我的生日和母親節時，他都會用笨拙的字寫信給我。即使我削他最愛的水梨給他，他總是留一半給我，說：「這是媽媽的。」每次看到我在剝一大籃豌豆時，他都會坐在我旁邊，陪著我一起剝。沒錯，就在那張餐桌旁——

「啊，找到了，找到了。」

突然聽到說話聲，我抬起低著的頭，忍不住驚訝地停下腳步。因為我發現剛才那個學生又跑了回來，但只有他一個人，他的老師不在。

「怎麼了？」我問他。

「妳是不是走錯路了？」學生上氣不接下氣地問我。

「啊——」

「妳走這條路，會通往菅沼登山口。」學生一口氣說道，「妳不是從丸沼高原搭纜車來這裡嗎？妳要在彌陀池那裡往左走，才能走回那裡。」

「喔——我知道，我剛才就發現自己走錯路了……」

「妳下山去菅沼那裡，最後一班公車也已經開走了。」

「果然是這樣，但你為什麼——」

「我們剛才在前面採集石頭，不經意地回頭看時，看到妳在這裡。我告訴老師後，老師叫我來關心一下。」

聽到他這麼說，我感動不已，連我自己都有點慌了神。原來有人關心是這麼令人高興的事。早已遺忘的這種感覺，讓我的眼眶泛紅。

不行，如果突然流眼淚，這個學生一定會嚇一大跳。我臉部用力，努力忍住淚水，費力地擠出聲音。

「——不好意思，讓你們擔心了……」

「即使妳現在往回走，也趕不上纜車的末班車了。妳要不要和我們一起回菅沼登山口？我們可以送妳到附近的車站。老師這麼說。」

＊＊＊

「科學也有各種不同的領域，火山學應該最容易造成研究人員傷亡。」走在我身旁的老師有點得意地說。

「那是因為在調查時被捲入火山爆發嗎？」

「是啊。一九九一年的雲仙普賢岳，也有三名外國研究人員被火山碎屑流吞噬，三個人都是我老師的朋友。」

「我記得當時看了相關的新聞，原來是這樣啊。」

我附和著老師的話，不時在意身後的學生。如果沒有我的加入，他們在下山時應該可以討論研究的話題。

「我也有好幾次差一點送命，我曾經在火山口旁蒐集火山氣體，結果隔天就發生了火山爆發，也曾經遇過直徑一公尺的火山彈就這樣從頭頂上咻咻地飛過去，當時我死命地逃。」

「好危險，真的是捨命做研究。」

「其實——」走在身後的學生說，「研究火山的人通常都覺得自己死不了，從某種意義上來說很幼稚，只要聽到哪裡有火山爆發，腎上腺素就會飆升，爭先恐後地跑去現場觀察。」

「笨蛋！」老師轉頭反駁，「如果看到火山爆發不激動，還算什麼火山研究人員！而且所有人，包括我在內，都是帶著使命感衝去第一線。」

「而且——」學生無視老師的話，繼續說了下去，「只要喝了幾杯，就開始吹噓自己以前多勇猛，曾經遭遇怎樣的危險，曾經做過什麼大膽的調查。」

下山的路差不多還要走一個半小時，學生的腳步和說話都比剛才順暢多了。

「嗯，我能夠理解，」老師摸著下巴笑了起來，「像是井上老師或是田邊他們常這樣，他們的話，只能相信一半。」

「你才是最會唬爛的人，」學生冷冷地說，「每次喝酒時都說同樣的話，耳朵都長繭了。像是在非洲，就像源義經連續飛跳八艘船一樣走在還沒有完全冷卻凝固的熔岩上，還有前往沒有碼頭的太平洋火山島採集樣品，背著裝滿石頭的登山包，游回停在海上的船上，都是一些唬爛的英勇事跡。」

「才不是唬爛！因為是喝酒聊天時說的，難免會添油加醋，增加一點娛樂效果。」

「說到最後，就說現在的學生都不中用，吃不了苦。現在已經不是靠蠻力做事的時代了，萬一出什麼狀況，是你會被學校開除。」

「好啦，好啦。」我在一旁勸說道，內心暗自鬆了一口氣。如果他們平時下山時也這樣一路抬槓，即使多了我加入，也不至於造成他們太大的困擾。我苦笑著問那個學生：

「你剛才說你們研究室是黑心研究室，既然這樣，當初你為什麼會進入火山研究室？」

「我是受騙上當的啊。我的研究課題是岩漿多相流如何經過火山道這種運用數據模擬，只要坐在電腦前進行的研究。當初說好我只要做這個就行了，所以我才會進入這個研究室。」

「結果進去之後，才發現完全不是這麼一回事。」

「在大四的時候，的確是這樣，結果就在老師的建議下讀了研究所，沒想到他的態度立刻大變，說什麼必須近距離瞭解火山，才能夠提升模擬實驗的精確度這種莫名其妙的話，硬是把我帶上山。我知道他的目的就是要我幫忙背石頭，這根本是詐騙、詐騙。」

「別說得這麼難聽，我是希望你能夠在研究方面得到成長——」

「動聽的騙術，高壓的指導，把學生當苦力。」學生扳著手指計算著，「完全符合黑心研究室的要件。」

當他們鬥嘴告一段落後，我對老師說：

「雖然這是你的工作，但你經常去危險的火山，你的家人一定會很擔心吧？」

「幸好我是了無牽掛的單身族。」老師很輕鬆地說。

「幸好？」學生又吐槽他，「你每次喝醉酒，不是都咬牙切齒地說，為什麼像我這麼帥的男人竟然結不了婚？」

「少囉唆，你自己不是也沒有女朋友？」

「你在抱怨沒有機會遇到女生之前，要先改一改這種整天往山上跑的山痴毛病，照這樣下去，一輩子都只會有火山這個女朋友了。」

「有緣山上來相會啊。」我對他們說，腦海中閃過那個人的臉。

「雖然話是這麼說，但每次都忍不住只顧著拚命爬山。」自認是帥哥的老師說話的語氣很好笑。

「既然是山痴，就不光是爬火山，也會爬其他山吧？」我向老師確認。

「對啊。」學生搶先點頭，「研究火山只是他爬山的藉口，他可以為了上山，完全不理會教授會和委員會，也不和其他老師打交道，所以遲遲無法升上副教授，是萬年講師。」

「傻瓜！在學校打點人際關係和研究，到底哪一個更重要？」

老師瞪了學生一眼後，將視線移回我身上。

「登山的確是我研究的基礎。我父親算是很資深的登山客，在我懂事之前，就經常帶我登山。我高中時爬過雪山，大學參加登山社時，還曾經遠征喜馬拉雅山和南美，我打工也幾乎都是從事登山相關的工作，像是在山屋打工，或是當揹工，還有登山重訓，我人生中重要的事，幾乎都是從登山中學到的。」

「是喔。」我不由得感到佩服，學生在我身後自言自語地說：

「我討厭這種會說什麼酒家是人生的教室之類屁話的大叔。」

老師不理會他，繼續說了下去。

「我從十幾歲開始，就一直在思考，能不能一輩子做和登山有關的工作，只不過並沒有具體的計畫。我很喜歡看書，所以原本很天真地希望可以成為山岳雜誌的編輯，所以在大學的時候就讀了文學系。」

「啊？文學系？」

「對，沒想到在二年級上通識課時，知道原來有專門研究火山學的學問，我立刻覺得那就是我的志向！只要成為火山研究者，就可以隨時盡情地登山，而且可以作為自己的工作。那堂課下課之後，我立刻衝去教務課問：『我想轉系到理科系，該怎麼做？』」

「太意外了，我一直以為想成為學者的人都是從小的志向。」

「不，我是從那時候才開始認真讀書，因為我當時一心想成為火山學者，覺得非要成為火山學者不可。」

雖然老師說得很輕鬆，但想必付出了常人難以想像的努力，才能成為火山學家，並在大學擔任教職，相信也因此犧牲了很多事。

「但是——」老師露出他那雙耿直的雙眼看向遠方，「在成為火山學者之後才終於瞭解，自己所做的事有多重要。山是我的一切，但我不希望我熱愛的山造成人員的傷亡。」

「——是啊。」

我用沙啞的聲音回答，看著老師的側臉。他成為了他想要成為的人，也成功地成為了值得成為的人。

想要成為的人——

我非但沒有做到這一點，甚至成為麻衣最不想成為的那種人。

媽媽，我絕對不願意像妳那樣——女兒不只一次當面對我說這種話。

我對麻衣的管教太嚴厲了。因為她是家中老大，所謂「老大照書養」，對她的管教也完全不敢鬆懈，她很乖、很順從，所以我也沒有意識到有任何問題。

當時我認為她是個感情沒有太大起伏的孩子，但事實應該不是如此，是我讓她變成一個感情壓抑的人。麻衣看到我很寵比她小三歲的弟弟，內心的情感一定常常劇烈起伏。

幾年前，我在整理以前的照片時發現，麻衣在全家福中完全沒有笑容，而且她所站的位置離我越來越遠。

她在三歲時，我手上抱著還是嬰兒的晴彥，她緊緊抓著我的腳。在她五歲時，晴彥坐在我的腿上，她一臉嚴肅地跪坐在和我隔了一個人距離的位置。八歲的時候，她和我之間隔了她爸爸。十一歲的時候，她站在祖母的斜後方，有一半的身體被遮住了。十四歲的時候，她獨自站在角落，一臉無趣地看著鏡頭。

麻衣很精明能幹，無論做任何事都很出色，在我費心照顧晴彥時，她靠自己的努力，從縣立高中考進了東京都內知名的女子大學。大學時代，她毫無怨言地每天去比老公的公司更遠的學校上課，然後積極打工存錢。

麻衣第一次讓家人跌破眼鏡，是在大學即將畢業的新年。當全家人圍在餐桌旁吃年菜時，她突然宣布，自己不會去那家已經拿到內定的保險公司，打算去法國留學。她打工四年存了錢，自己有能力負擔一年期間的生活費和語言學校的學費。

老公大力反對，我也無法表示贊成。女兒甚至沒有出國旅行的經驗，竟然突然要去留學，我當然會擔心，但又覺得她一個人規劃留學計畫，默默打工存錢的做法很像是她的作風。「我絕對不要像媽媽那樣。」我記得那次是她第一次對我說這句話。

最後，麻衣幾乎以像是離家出走的方式啟程去了法國，一年之後，帶著在法國認識的法籍男友回到了日本。老公似乎已經不只是憤怒而已，只說了一句「我以後不管她了」，就沒有再說任何話。

就這樣過了五年。麻衣目前和那個法籍男友在東京的公寓同居，在一家外商高級飯店上班，她在工作上很努力，希望有朝一日可以調去飯店集團的總部工作。她的男友也在教法文，但我不瞭解詳細的情況。

我只有在惠比壽的餐廳見過她男友一次，我對她說，偶爾可以帶男友回家，她似乎不想讓男友看到「在埼玉的鄉下地方，有滿滿昭和味道」的家。我問她對以後的事有什麼打算，她只是冷笑一聲。據說現在法國並不是每個人都會追求結婚的形式。

從事在國外飛來飛去的工作，在日本和法國之間生活。我相信這就是她的夢想。和我整天在老舊的房子內忙來忙去，騎著腳踏車在附近的超市和家中往返的生活，的確是完全相反的人生。

但是——

她一定不知道。雖然不用想就知道，但她一定沒有想過。既然沒有想過，就等於不知道。不知者無罪。

我也曾經有過二十歲，也曾經有過二十歲的夢想。

飯廳的木板牆上，掛了一張四開大小、裝在相框中的照片。那是從涸澤U型谷地拍攝穗高那一片被朝陽染紅的山峰。三十五年的歲月將原本火紅的山巒變成了暗粉紅色，這是我當年在本地報社舉辦的攝影比賽中，獲得風景部門銀獎的照片。那是我唯一的勳章。

那張照片就在我在餐桌旁固定座位的正前方，其他家人並不會看這張照片。那張照片也已經融入了飯廳的風景中，每個人都對它視而不見，如同我的夢想也融化、消失在那張照片中。

不知道麻衣是否記得，在她還沒有讀小學的時候曾經問過我：「那張照片是誰拍的？」當我回答說：「是媽媽拍的。」她眨了眨眼，驚訝地讚嘆連連——

「妳每次都一個人嗎？」

「——啊？」老師突然問我，我回答時竟然破了音，「不，也會和朋友一起登山，只是最近常常一個人。」

「妳看起來是箇中高手，從妳走路的方式和感覺就看得出來，而且還是新田次郎的書迷。」

我微笑著搖了搖頭，「年輕的時候經常登山，但結婚之後就完全沒機會了。兩年前，朋友邀我加入一個登山團體，我才又重新開始，只不過中間隔了太長時間，不光是體力，專注力和判斷力也變差了，所以才會像今天這樣走錯路，造成你們的困擾。」

「妳以前都爬哪些山？」

「北阿爾卑斯和南阿爾卑斯的山幾乎都去過了，還有幾座中央阿爾卑斯和北關東的山，去過一次大雪山系，也爬過幾座雪山。」

「是喔，那還真了不起。」老師看著我的相機包問：「妳都帶著這台 New F-1 嗎？」

「對，對當年的我來說，真的是大手筆。」

說完這句話，我隔著相機盒摸著當年和我一起做夢的搭檔。

我夢想成為山岳攝影高手。

雖然我想拍攝山岳，但當然無法拍攝那種嚴冬時期阿爾卑斯風景之類的照片，所以我天真地夢想拍下誰都能夠輕鬆造訪地點的景色和植物，向人們傳達山岳的魅力。

我出生在埼玉縣深谷市，父母都務農，哥哥一家至今仍然住在周圍都是蔥田的老家。

我在中學一年級時第一次登山。班導師是個熱愛登山的女老師，每逢暑假，就會帶包括我在內的五名學生挑戰南阿爾卑斯的仙丈岳。因為我的好朋友想去，所以我也就一起參加了，結果我比那個同學更加深受感動。

仙丈岳雖然是初學者也能夠挑戰的山，但是一座三千公尺的山峰。沿著和緩的稜線攀向山頂，沿途沒有任何東西遮住視野，可以一路俯瞰雄偉的小仙丈彎道。綠色的矮松和清澈的藍天形成漂亮的對比，我第一次親眼看到如此壯觀的全景，完全被震懾了，甚至以為這條登山路通往天堂。

那次之後，老師和她的朋友一起去登山時，就會不時邀我參加。在我上了高中之後，老師仍然常常邀我。我讀的短期大學有登山同好會，結交了同年齡的山友，我的登山熱情有增無減。

我也是在那個時候迷上了高山植物，我很想拍下那些高山植物高雅的美麗，所以愛上了攝影。我暑假在間中八岳的山莊打工，買了這台New F-1，我自學攝影，積極參加比賽和雜誌的投稿。

短大畢業後，我進入縣內的一家食品公司上班，也許是因為每天穿上制服的工作就是處理單據，所以我對登山和攝影的嚮往與日俱增。我希望以後能夠好好學攝影，還去拿了專科學校的簡介，但也就只是這樣而已，因為我甚至付不起註冊費。

雖然我沒有放棄週末登山和參加攝影比賽，但那次的銀獎是唯一的成果。這種只能在小攝影比賽中得獎的照片，當然無法引起別人的注意，雖然我曾經想過去當知名山岳攝影師的徒弟，以助理的身分學習攝影，但我沒有勇氣付諸行動。最重要的是，我不相信自己有這種才華。

二十五歲時，我在同事的婚禮上結識了老公。當然是他主動向我搭訕，他笨拙的搭訕方式反而消除了我的警戒。我們互留了電話，然後開始交往。

每次約會，我就和他聊登山的事，所以他主動提出「我也想去山上看看，也想在山屋住看看」。第一次登山要挑戰有一定高度的山——我憑以往的經驗，向來認為這是原則，所以決定帶他去木曾駒岳。因為那裡可以搭纜車一口氣到千疊敷。

我們心情愉快地攻頂，在山屋住了一晚，隔天早晨，我發現他的氣色很差。他堅持說他沒問題，所以我們按照原計畫去了濃池，然後去花田散步後下了山。事後才聽他說，山屋的床太硬，而且他不習慣睡通舖，所以一整晚都無法闔眼。

即使一整晚沒睡，他仍然堅持陪我。我在當時感動不已，現在也許會覺得他只是死愛面子，但我覺得老公當時應該的確願意為我做點什麼。

這是我和老公唯一的一次登山經驗。

隔年春天，我們舉辦了婚禮，我走進了家庭。雖然他說我可以繼續登山，但剛嫁進婆家不久的媳婦怎麼可能對公婆說，我要出門去登山？所以我決定暫時忘記登山這件事，在家當個好媳婦，不久之後，就懷了麻衣。

我對自己正在孕育新生命發自內心感到高興，在準備孕婦服和尿布的同時，把登山包和登山鞋塞進了壁櫥深處。

雖然沒有機會使用 New F-1，但我每年都會從箱子裡拿出來保養，去除灰塵和溼氣，起初每次都會感受到心在隱隱作痛，幾年之後，這種感覺也漸漸麻木了。

我的夢想就像是輕微的燙傷傷痕般自然消失了。

「要不要休息一下？」

老師看著我的眼睛問道，我似乎在不知不覺中露出了令人擔心的表情。

「不——」我立刻揚起了嘴角，「我沒問題。」

「別這麼說，其實是我憋不住了。」老師扮著鬼臉，摸著褲襠說。

＊＊＊

登山道的轉角處有一塊突出的平坦岩石，我和學生一起坐在岩石上。從樹林之間可以看到山麓的國道和國道後方的湖。那裡應該就是菅沼。

老師匆匆走下斜坡，消失在樹林中。

「你老師很有趣。」我對學生說。

「他的冷笑話超級冷。」

「雖然你嘴上這麼說，但我覺得你們是好搭檔。你並不想離開研究室吧？」

「是啊。」學生用手指彈了一塊小石頭，「應該不會啦，而且再墮落下去，真的太沒面子了。」

「墮落？」

「我重考了兩次，之前一直想考醫學系。我爺爺、爸爸和堂哥都是醫生，即使是醫生世家，也會出一個腦筋不靈光的，更何況我弟弟已經考進醫學系了，所以我覺得自己讀不讀醫學系都不重要了。」

「——原來是這樣。」我小聲回答。

「然後就隨便讀了這所大學，打算以後隨便找個工作，但四年級時，不是要進入研究室寫畢業論文嗎？我開始找有沒有輕鬆的研究室，結果就被那個老師逮住了，他問我：『你為什麼這麼意興闌珊？』我就把剛才那些話告訴他，他聽了樂壞了。」

「為什麼樂壞了？」

「他說：『我就在等像你這種學生，你來火山研究室，來當火山的醫生。』」

「火山的醫生——」我隱約瞭解這句話的意思。

「比方說，老師就像是這座日光白根山的家庭醫生，他比任何人更瞭解這座山的噴火史和噴火的習性，然後他一個人很高興地說什麼：『雖然你無法拿手術刀為人開刀，但可以用鐵鎚鏤刻火山。成為火山的醫生，就可以拯救數十萬、數百萬人的生命！』」

「是喔，很棒啊。」

「不不不，」學生誇張地搖著頭，「只有我會上他的當，他的研究室很不受歡迎，所以很需要人手，不管是誰都沒關係。」

「是這樣嗎？」我笑著問。

「話說回來，『拯救生命』這句話的確超打動我。」

「你身上流著醫生的血。」

「而且——」學生又丟了一塊石頭，「而且跟著他做這些事的機率應該最高。」

「機率？什麼機率？」

「就是以後覺得很有趣，很慶幸自己做了這些事的機率。因為他真心認為自己所做的事，是全世界最有趣的事，和那些覺得工作很辛苦，覺得工作必須咬牙堅持的老頭一起做事，根本不會覺得有什麼好玩。」

「嗯，你的想法很有趣。」

「我第一次親眼看到只做自己覺得有趣的事的大人，當我發現世界上真的有這種人，我覺得超震撼。」

雖然他的表達方式很像時下的年輕人，但我覺得能夠理解他的感覺。說到底，就是他希望老師的生活方式能夠影響自己，想在老師身旁，和他呼吸相同的空氣。能夠得到學生這種評價，對老師來說無疑是最高的榮耀。

相較之下，我這個媽媽——

當我輕輕嘆氣時，我恍然大悟。

我並不是在猶豫，也不是沒有充分的心理準備。

我只是不知道該如何告訴麻衣和晴彥，也不知道要對他們說什麼。我害怕他們在完全不瞭解我的情況下，覺得我是個自私的母親——

一群中老年登山客吵吵嚷嚷地經過我們身後的登山路。

「不是說有許多熱愛登山的年輕女生嗎？她們到底在哪裡？」學生幽幽地說。

「對啊，你一定很失望，到處都看到像我這樣的大嬸。」

「為什麼大家都跑來山上？是因為孩子都長大的關係嗎？」

「我的話——除了這個原因，還有我的狗死了。」

「該不會是這個？」學生指著我掛在登山包上的鑰匙圈，鑰匙圈上有一張瞪瞪吐出舌頭的照片，「我剛才就注意到了。」

「對，我拿來當護身符，保護我不要遇到熊。」

瞪瞪在前年初春時死前。牠活到十五歲，所以算是長壽狗。

麻衣讀小學時，同學家裡的狗生了三隻狗，瞪瞪就是其中一隻。麻衣說她很想養，承諾一定會好好照顧，於是我家就養了一隻。只要一叫牠，牠就抬頭瞪人，於是就取名為瞪瞪。這是麻衣為牠取的名字。雖然是雜種狗，卻有一身漂亮的金黃色毛。

瞪瞪還是小狗的時候，麻衣和晴彥都曾經照顧牠，但幾年之後，兩個孩子上了中學和高中，社團活動和補習班都很忙，早晚的散步和餵食都變成了我的工作。

瞪瞪和其他家人一樣鏤刻了我的愛，但牠比任何人都真誠地渴求我，坦誠地和我交流感情，撫平我身上被鏤刻的傷痕。

最後，牠的心臟出了問題，牠在我把牠從住院的動物醫院接回家的車上，死在我的懷抱裡。我第一次體會那種失落感。

因為經常在相同時間帶狗散步而認識的朋友參加了登山的團體，她可能看到我沮喪的樣子感到於心不忍，於是邀我一起去爬山。我參加了幾次之後，開始獨自上山。

走在山路上，嗅聞著樹木的香氣，喚醒了內心沉睡的各種記憶和感情。每次站在山頂上深呼吸，我就找回了我自己——

「這是你第幾次和老師一起上山？」我問學生。

「第二次。」

「你還是無法喜歡登山嗎？」

「每次扛石頭時，就覺得下次再也不來了，但下山放下登山包之後，就覺得再來也沒問題——雖然只有一絲這種想法。」

我覺得人和人之間的相遇很不可思議。人生這條路徑上的岔路並不是一開始就在人生地圖上，而是人和人之間偶然的相遇，隨興地打造出這些岔路。

這個學生和他老師的相遇就是如此，我和他們之間的相遇或許也是如此。

去年夏天，在我重新開始登山後，第一次安排了兩天一夜的南阿爾卑斯行程。那次是單獨上山，位在甲斐駒岳和仙丈岳之間的這座山雖然感覺不太起眼，卻是高山植物的寶庫，我也是在那一次，相隔三十年後，帶著沉睡多年的 New F-1 出門。

那次的天氣很不錯，我一路順暢地走到八合目。那天打算在那裡的一家小山屋過夜，山屋建在林木線上方風景絕佳的位置，可以仰頭看到巍峨的岩石稜線和矮松形成的美麗圈谷地形。

日暮時分，我正在拍攝山屋旁綻放的浙江百合時，聽到有人說：「這個相機真令人懷念啊。」那是我第一次見到他——

老師沙沙地撥開草木走上斜坡，學生一看見他的身影，立刻小聲對我說：

「剛才那些話不要告訴他，不然他會得意忘形。」

「我知道。」

老師回到了登山道，露出責備的眼神看了看學生，又看了看我。

「是不是在說我的壞話？」

「不然還能說什麼？」學生理所當然地回答。

走下山谷，在竹林中走了一陣子，看到一塊巨大的導覽板。登山口快到了。

和緩林道的路面越來越寬，學生和老師分別走在我的兩側，三個人並排走下山。快五點半了，從竹林縫隙照進來的夕陽很刺眼。

我從剛才就一直想放緩腳步。如果只有我一個人，也許會這麼做。

就這樣下山嗎？我還沒有想好該怎麼告訴兩個孩子。

起風了。可以感受到空氣中些許的溼氣。天氣預報說，明天又會恢復梅雨的天氣。

迎面吹來一陣強風，走在我左側的學生張開雙手。

「啊，好舒服。」

那是從疲憊的身體深處發出的聲音。走在我右側的老師說：

「我就說嘛。」

「你說什麼？」

學生隔著我問老師。老師笑得擠出了魚尾紋說：

「山上是不是很棒？」

我聽到這句話，立刻停下了腳步。

山上是不是很棒——

我從來沒有說過這句話。

為什麼至今為止，我從來沒有帶他們上過山？為什麼我不帶他們來看一下我人生走過的地方？為什麼我無法強勢地告訴他們登山的魅力？

這一定就是我最大的失策——

老師和學生一臉驚訝地看著我，我對他們說著：「對不起，我沒事。」然後快步追了上去。

現在還來得及嗎？不，我希望來得及。不需要說明，只要對他們說這句話就行了。

我心意已決。

登山客在菅沼登山口的停車場解開鞋帶，準備回程。

老師的車子是一輛輪胎很大的四輪驅動車，把登山包放進行李箱後，學生說：「我去找自動販賣機，我想喝汽水。」然後就走去茶屋的方向。

我從登山包裡拿出手機，對老師說：

「我可以打一通電話嗎？」

「打給家人嗎？」

「不是。」我小聲回答後，從通話記錄中找出那個號碼。我希望在自己動搖之前告訴對方。

鈴聲響了幾次之後，對方接起了電話。接電話的是他本人。在閒聊兩句後，我對他說：

「我已經決定了，下個星期會去你那裡。」

我回答了對方問的兩個問題，最後說了聲「那就請多指教了」，很乾脆地掛上了電話。

我鬆了一口氣，對老師露出微笑，他可能覺得問我也沒問題，於是就問我：

「妳做了什麼決定嗎？」

「我要買山屋。」

「啊?!」老師瞪大了眼睛，「哪、哪裡的?!」

「南阿爾卑斯。」

「為什麼會決定——」

那一天，我在拍浙江百合時，和我說話的是山屋的老闆。他似乎對獨自上山，拿著老舊相機拍照的我產生了興趣。

晚餐後，我在食堂和老闆聊天。老闆已經七十五歲，之前僱用了打工的學生，和他太太兩人經營這個山屋，但他太太在前年去世了，老闆深受風溼之苦多年，正在考慮放棄山屋。

基本上，民間人士無法在國立公園內經營新的山屋，但以前的山屋可以繼續經營，也就是所謂的就地合法。北阿爾卑斯和南阿爾卑斯的山屋都很賺錢，許多私人和公司都想購買經營權。

當我這麼告訴老闆，老闆搖了搖頭說：「那些只想做生意的人，無論出多少錢，我都不會賣。如果要交給別人經營，最好是像妳這種熱愛登山的外行人。」我搪塞著說：「如果可以在這裡拍照過日子，簡直就像是做夢。」老闆一臉嚴肅地說：「妳可以多來幾次後再決定。」

我並沒有當真，但那一年就忍不住去了兩次。分別在夏末和紅葉的季節上山，住在山屋內。老闆每次都和我聊接手經營山屋的事，談話的內容也越來越具體。

我曾經問老闆，他到底中意我哪一點，願意把山屋交給我經營。老闆笑了笑說：「就是妳的相機，只有惜物的人才能當山屋的老闆。」

上個月，我第四次造訪山屋。萬事俱備，只欠決心的計畫如下。首先，我從今年夏天開始在老闆的手下工作，學習經營山屋的知識和經驗，以三年後可以獨立經營為目標。老闆在退休之後，也打算在山下的城鎮生活，所以如果有問題，可以隨時向他請益。

在購買山屋的問題上，他提出的條件很寬鬆。到時候先支付一筆我有能力負擔的頭期款，之後每年支付營業額的百分之幾給他就好。

山屋的營業期間是五月中旬到十月下旬，一年之中，我有一半的時間必須離開埼玉的家住在山上。老公和晴彥必須照顧自己的生活，如果婆婆需要別人的照顧，可以在這段期間去小姑家生活。小姑住在大宮，所以並不會太辛苦。

雖然我還沒有告訴家人——

老師聽完之後，仍然一臉難以置信的表情緩緩搖著頭。

「這絕對是我這幾年聽到的所有事中，最令我羨慕的事。」

這時，學生走了回來，手上拿著一瓶設計很花稍的寶特瓶飲料。

「喂，下次要去登山。」老師劈頭對他這麼說。

「啊？不是才剛下山嗎？」

「不是去採石頭，是去住她的山屋，在南阿爾卑斯，超棒喔。」

學生一臉聽不懂老師在說什麼的表情偏著頭，打開寶特瓶的蓋子，發出了噗咻的爽快聲音。

學生含著瓶口，大口喝了起來。額頭上的汗水在夕陽下閃著光。我覺得那是年輕人特有的青春臉龐。

我忍不住想像。

不知道晴彥願不願意來我的山屋。會不會上氣不接下氣地放下登山包，喝完我遞給他的水，露出這樣的表情？

然後我就會面帶笑容對他說：「山上是不是很棒？」如果他回答「比我想像中好一點」，我就要問他：「你想不想在山屋幫忙？」

不知道麻衣會不會來。帶著法籍的他，或許還有可愛的金髮小孩一起來。她會不會覺得在山屋吃的咖哩，完全不輸給她任職的那家高級飯店內的法國料理？

老公會來嗎？即使在山屋睡不著，他願不願意住一晚？會不會像當年一樣，願意為了我死愛面子一下？

雖然我覺得不太可能，但我很想把家裡的餐桌搬到山屋。我希望放在食堂的角落，作為我和家人專用的餐桌。

我們一家人還會再圍坐在這張有許許多多小傷痕的餐桌旁嗎？

後記

在寫本作的過程中，得到了長屋幸一先生、下條將德先生、北海道大學化石礦物社「Shuma 會」成員提供的寶貴意見。

第二篇〈星六花〉中出現的「首都圈雪花結晶計畫」，參考了氣象廳氣象研究所的荒木健太郎先生等人的「關東雪花結晶計畫」（www.mri-jma.go.jp/Dep/fo/fo3/araki/snowcrystals.html）。

第四篇〈天王寺斷層〉中，提到了筆者敬愛的藍調吉他手內田勘太郎先生的名字，內田先生當然和這個故事以及故事中所出現的人物毫無關係。

第五篇〈外星人飯館〉中提到「一百三十八億年前的氫」的相關內容，靈感來自於早野龍五先生和糸井重里先生的對談《努力想要瞭解的事》第五章的內容。

謹在此表達深厚的感謝。謝謝。

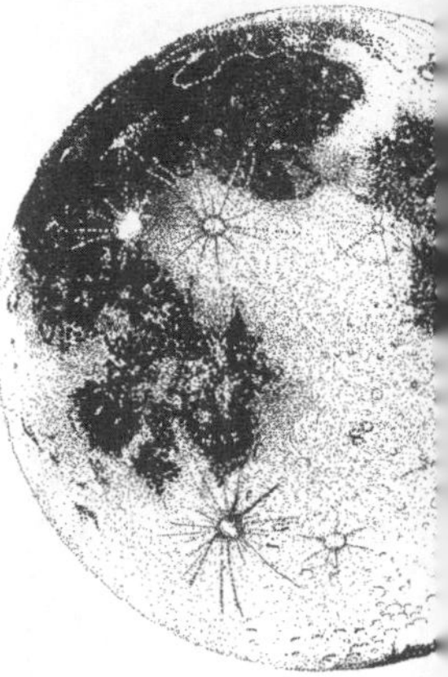

透過科學，重新檢視世界與人心

—特別收錄：作者專訪—

Q

身為一名理科學者，您開始寫小說的契機是什麼？

我寫作的契機，是因為在某個研究工作中碰到了瓶頸，當時我突然有了一個推理的構想（詭計），為了轉換心情，我便有樣學樣地寫了一部作品。在那之後完成的第二部作品就得到了推理小說新人獎，也因此步入了文壇。

Q

您曾以《台場島寶貝》一書獲得「橫溝正史推理大賞」，這次的《月亮前方三公里》又再次獲得三項殊榮。您平時的閱讀興趣為何？對推理小說是否有特別的偏好？

我讀最多的作品就是推理小說了。從海外的古典推理（阿嘉莎．克莉絲蒂、艾勒里．昆恩、

G・K・切斯特頓等）到日本暢銷作家的作品（東野圭吾、綾辻行人、京極夏彥、伊坂幸太郎等）都有，閱讀的範圍相當廣泛。科學類的非虛構作品（理查・道金斯、卡爾・薩根、西蒙・辛格等）也是我非常喜歡的讀物。

Q

第一篇故事〈月亮前方三公里〉中所描述的那個「地點」是否真實存在？或說這個發想從何而來？此外，「月亮」有著無限的神秘感，對您來說，「月亮」是一個什麼樣的存在？

那個「地點」確實存在。我偶然在某篇報導中得知這項訊息時，想像力就被強烈激發。我有了一個預感：有個故事即將誕生。月亮對我們來說是一個相當貼近的存在，在科學上也仍然存有許多的謎團。美麗、謎樣、似近若遠，或許就是這些原因，才會讓人不斷為月亮著迷、深深受到吸引吧。

Q

〈月亮前方三公里〉中的那名司機非常奇妙，幽默中帶著正經，談吐間又不講什麼大道理，卻讓人感到一股暖意，煩惱也隨之釋然。這個人物造型的發想從何而來？他是否真實存在？

這名司機並沒有特定的原型人物。我想描寫的，是活在一種深沉的、失去一切的感受裡，唯獨對科學的愛並未全然失去的角色，這名司機正是這樣的人物。或許也正是因為他的這種特質，他所說的話才能深入到對人生感到絕望的主角心底。

Q　這六篇作品都是以科學為基礎幻化而來的作品，您筆下寫的雖是理科世界，內容卻是情感充沛的動人情節，也讓人感受到一種童話般的自然之美。這六篇故事中您最喜歡哪一篇？為什麼？

這是一個讓人陷入抉擇困難的問題。以作家而言，我對標題作〈月亮前方三公里〉有著較強烈的用心，我應該有將月浮夜空的滿月情景與人心的模樣成功融合；以讀者來說，我比較喜歡〈天王寺斷層〉。我出身大阪，這個故事就是在大阪特有的輕妙對話中鋪展開來的，故事裡也有一些解謎的元素，這也是深得我心之處。

Q　對您來說，科學與文學之間是否存在什麼共通性（或差異性）？

不管是科學還是文學，人類的行為都是不變的。故事中雖然沒有談論太多科學事實的餘裕，但要呈現出對神秘大自然的驚歎之心，以及全心投入研究工作的科學家的所思所想，最不可或缺的便是文學的力量了吧。我認為，透過科學來重新檢視這個世界與隨之變化的人心，這樣的故事也會充滿魅力。

Q

您接下是否還有其他的寫作計畫？目前對什麼樣的題材感到興趣？

接下來，我仍會繼續書寫科學與研究者的世界，不管是像出道作那樣的近未來小說，或是本格的推理作品，我都會想挑戰看看。目前最讓我感興趣的，是關於腦神經的多樣性（neurodiversity）與大規模的火山災害等題材。

Q

最後給台灣讀者的一句話？

台灣是我非常想要訪問的國家之一，我的小說竟然早我一步先與台灣的讀者見面了。透過這六篇故事，如果能讓你日常所見的風景有了些許的不同，對我而言便是莫大的欣喜。

國家圖書館出版品預行編目資料

月亮前方三公里 / 伊與原 新著；王蘊潔譯. -- 初版.
-- 臺北市：皇冠, 2021.4　面；公分. --（皇冠叢書；第4929種）(大賞；124)
譯自：月まで三キロ

ISBN 978-957-33-3697-6 (平裝)

861.57　　110003613

皇冠叢書第4929種

大賞｜124

月亮前方三公里

月まで三キロ

作　　者—伊與原 新
譯　　者—王蘊潔
發 行 人—平雲
出版發行—皇冠文化出版有限公司
台北市敦化北路120巷50號
電話◎02-27168888
郵撥帳號◎15261516號
皇冠出版社(香港)有限公司
香港銅鑼灣道180號百樂商業中心
19字樓1903室
電話◎2529-1778　傳真◎2527-0904
總 編 輯—許婷婷
責任編輯—蔡維鋼
美術設計—謝佳穎
著作完成日期—2018年
初版一刷日期—2021年4月

法律顧問—王惠光律師

讀者服務傳真專線◎02-27150507
電腦編號◎506124
ISBN◎978-957-33-3697-6
Printed in Taiwan
本書定價◎新台幣350元/港幣117元